LES ANOMALIES DU RÂMÂYAṆA

PAR

M. A. ROUSSEL

PROFESSEUR À L'UNIVERSITÉ DE FRIBOURG (SUISSE)

EXTRAIT DU JOURNAL ASIATIQUE

(JANVIER-FÉVRIER 1910)

PARIS

IMPRIMERIE NATIONALE

MDCCCCX

LES

ANOMALIES DU RÂMÂYAṆA

LES

ANOMALIES DU RÂMÂYAṆA

PAR

M. A. ROUSSEL

PROFESSEUR À L'UNIVERSITÉ DE FRIBOURG (SUISSE)

EXTRAIT DU JOURNAL ASIATIQUE

(JANVIER-FÉVRIER 1910)

PARIS

IMPRIMERIE NATIONALE

MDCCCCX

LES
ANOMALIES DU RÂMÂYAṆA,

PAR

M. A. ROUSSEL,

PROFESSEUR À L'UNIVERSITÉ DE FRIBOURG (SUISSE).

AVERTISSEMENT.

J'ai relevé, dans les pages suivantes, les *ârṣa* et *chândasa*, c'est-à-dire les archaïsmes, les védismes du Râmâyaṇa, texte de l'édition publiée à Bombay, en 1888, par Kâçinâth Pându-rang Parab. J'ai confronté tous les passages de cette édition avec les passages analogues de celle de T. R. Kṛṣṇâcârya, parue également à Bombay, en 1905, et connue généralement sous le nom d'édition du Sud[1].

Râma se permet assez rarement de corriger le texte, et, quand cela lui arrive, il a soin de donner en note la leçon primitive dont il indique alors l'anomalie. Il cite souvent, à côté de ses gloses, celles de ses devanciers; les noms de Kataka et de Tîrtha sont ceux qui reviennent le plus volontiers sous sa plume.

Ce qu'il donne pour archaïsme ou védisme ne l'est pas toujours, ou du moins ne l'est pas exclusivement. Plus d'une ex-

[1] Les deux recensions ne diffèrent guère que par la distribution des çlokas, bien rarement par celle des sargas; le texte est presque toujours identique. Kṛṣṇâcârya s'est montré extrêmement sobre de gloses; le plus souvent il transcrit, sans les signaler, les anomalies relevées par Râma; pour ce double motif son édition me paraît inférieure à celle de Kâçinâth. Chacune d'elles se compose de deux volumes imprimés dans les mêmes caractères et le même format, mais d'inégale grosseur, l'édition du Sud comprenant fort peu de notes.

pression qu'il qualifie ainsi appartient également à la périod classique. En réalité, il ne s'agit que de formes contraires o simplement étrangères à la grammaire de Pâṇini, prise pour l norme infaillible du pur sanscrit.

Au reste Vâlmîki, en sa qualité de ṛṣi, a bien le droit de s servir des formes qualifiées d'*ârṣa* ou de *chândasa*. Kṛṣṇâcâry semble avoir pris plus de liberté avec son texte que Râma, e redressant une expression vicieuse, ou en rétablissant sur s pieds un vers plus ou moins boiteux. Cependant il lui arri de donner la leçon primitive, sans même en relever l'anomali alors que Râma, non seulement relève celle-ci, mais relèg cette leçon dans les notes et lui substitue un texte plus correc suivant lui.

J'ai classé ces anomalies aussi exactement que possible so les rubriques indiquées par le glossateur lui-même. Il arri que certaines d'entre elles peuvent être indifféremment classé sous deux rubriques. Dans ces cas-là, j'ai suivi Râma, comr dans tout le reste. Il s'agissait avant tout d'éviter des répétition

Lorsque le texte est identique dans les deux éditions, ce q arrive le plus habituellement, je me borne à noter si l'éditi du Sud, désignée par la double initiale E. S., signale ou n l'anomalie.

Le chiffre romain indique le kâṇḍa, le premier chiffre ara le sarga et l'autre, plus petit, le çloka; les pâdas sont désign par les lettres *a*, *b*, *c*, etc.

ANOMALIES DU SAṂDHI.

I. Saṃdhis irréguliers.

I, 9, 20 : *socyatâm.*
glose : *sa ucyatâm ity arthaḥ saṃdhir ârṣaḥ.*
E. S., 9, 19 : *tvayocyatâm.*
19, 21 : *tatotthâyeti cchândasam*, pour : *tata utthâya.*

E. S., 20 : *çokam abhyagamat tîvraṃ*, au lieu de : *labdhasaṃjñas tatotthâya*. En réalité l'édition du Sud ne fait qu'un çloka des deux 20 et 21. L'hémistiche *labdha°* est supprimé.

20, 3 : *yasyâham iti saṃdhir ârṣaḥ*, pour : *yasyâ aham*.

E. S. : non signalé.

21, 8 : *kariṣyeti saṃdhir ârṣaḥ*, pour : *kariṣya iti*.

E. S. : *kariṣyâmîti*.

24, 10 : *tasyâyam saṃdhir ârṣaḥ*, pour *tasyâ ayam*.

E. S. : non signalé.

43, 6 : *tasyâvalopanaṃ saṃdhir ârṣaḥ*, pour : *tasyâ ava°*.

E. S. : non signalé.

45, 43 : *gatâbhimukham iti saṃdhir ârṣaḥ*, pour : *gatâ abhi°*.

E. S., 30 : non signalé.

II, 4, 17 : *divolkâç ca saṃdhir ârṣaḥ*, pour : *diva ulkâḥ*.

E. S. : *divolkâ ca*, au singulier, sans mention d'archaïsme.

16, 31 : *Râghavo jvalitaḥ*.

glose : *jvalito dîpitaḥ, ujjvalita iti vâ; tadâ saṃdhir ârṣâḥ*. (On peut entendre aussi *ujjvalitaḥ*, mais alors le saṃdhi serait un archaïsme.) Il faudrait *Râghava uj°* et non *Râghavojjvalitaḥ*.

E. S. : pas de glose.

20, 37 : *aprajâsmîti*.

glose : *mânasaçokâbhinayaḥ; samâsântâbhâvo 'nityatvât saṃdhir vârṣatvât*. «Je suis sans enfants», dit-elle. Indication du chagrin de son cœur. Absence de désinence du composé, par suite de non-nécessité; ou bien saṃdhi résultant d'un archaïsme.

E. S. : pas de glose.

40, 38 : *Râmamâtety ârṣam*, pour : *Râmamâtar iti*.

E. S. : non signalé.

51, 8 : *tatovâca*.

glose : *tata uvâceti cchedaḥ; ârṣaḥ saṃdhiḥ*.

E. S. : *tadovâca*.

52, 28 : *vatsyâmaheti vâ*

glose : *vatsyâmaheti veti saṃdhir ârṣaḥ; vatsyâmahe iti vâ* (lire : *vatsyâmaha iti*).

E. S. : *vatsyâmaheti ca*; sans indication d'ârṣa.

67, 26 : *saṃvadantopatiṣṭhante.*
glose : *saṃvadanta upatiṣṭhante; saṃdhir ârṣaḥ.*
E. S. : *saṃvadanto 'vatiṣṭhante.*

74, 13 : *kausalyâyâtmasaṃbhavam.*
kausalyâyâ âtmasaṃbhavam aurasam; saṃdhir ârṣaḥ.
E. S. : glose : *Kausalyâyâḥ âtmasaṃbhavaṃ saṃdhis tv ârṣaḥ.*

84, 2 : *nâsyântam.*
glose : *nâsyâ antam ity arthe; saṃdhir ârṣaḥ.*
E. S. : non signalé.

116, 2 : *tâpasâçrame.*
glose : *saṃdhir ârṣaḥ.* Pour *tâpasâ âçrame.*
E. S. : non signalé.

III, 13, 12 : *tatovâca.*
glose : *tatâ uvâcety arthe saṃdhir ârṣaḥ.*
E. S. présente une variante. Au lieu de *tatovâca vacaḥ çubham*, on lit : *dhîro dhîrataraṃ vacaḥ.*

20, 12 : *hṛṣṭâdṛṣṭaparâkramam.*
glose : *adṛṣṭaparâkramam iti cchedaḥ; saṃdhir ârṣaḥ;* il faut : *hṛṣṭâ adṛṣṭa°.*
E. S. donne ce çloka entre crochets, comme s'il était interpolé; elle écrit : *hṛṣṭâ dṛṣṭaparâkramam.*

64, 23, *a* : *tasyâgamaḥ.*
glose : *tasyâ âgama ity arthaḥ, ârṣo dîrghaḥ* (sic).
E. S., 22, *c* : *yadi syâd âgamaḥ*, avec cette explication : *Sîtâdarçanopâyaḥ.*

66, 17 : *bahuçoktavân iti saṃdhir ârṣaḥ.* Il faut : *bahuça uktavân.*
E. S. : *bahuço 'nvaçâḥ* (sic).

69, 11 : *tasyâvidûrataḥ.*
glose : *tasyâvidûra* (sic) *iti saṃdhir ârṣaḥ.* Pour : *tasyâ avi°.*
E. S. : non signalé.

IV, 6, 17 : *hâ priyeti.*
glose : *hâ priye iti atrâ saṃdhir ârṣaḥ.*
priye est pragṛhya.
E. S., 16 : non signalé.

43, 5 : *kṛtârthârthavidâṃ vara.*
saṃdhir ârṣaḥ. Il faut : *kṛtârthâ artha°.*
E. S. : non signalé.
60, 8 : *ugratapâbhavad iti saṃdhir ârṣaḥ.* Pour : *ugratapâ abhavat.*
E. S. : non signalé.
66, 8 : *Apsarâpsarasâm iti.*
Apsarâ ity ekavacanânto 'pi, saṃdhir ârṣaḥ. Apsarâ ity âbanta ârṣa ity anye (1).
E. S. : *Apsareti nirdeça ârṣaḥ.*

V, 14, 12 : *diçaḥ sarvâbhidhâvantam iti saṃdhir ârṣaḥ.* Pour : *sarvâ abhi°.*
E. S. : *diçaḥ sarvâḥ pradhâvantam.*
45, 2 : *kṛtâstrâstravidâṃ çreṣṭhâḥ.*
glose : *kṛtâstrâstrety ârṣaḥ saṃdhiḥ.* Il faut : *kṛtâstrâ astra°.*
E. S, glose : *kṛtâstrâḥ* (sic) (2) *astravidâm iti cchedaḥ; saṃdhir ârṣaḥ.*

VI, 26, 23 : *eṣaiva eṣa eva; saṃdhir ârṣaḥ.*
Cet archaïsme se lit encore aux vers 28 et 45, mais la glose ne le signale plus.
E. S. l'indique au second pâda du 24ᵉ vers qui correspond ainsi au 1ᵉʳ du 23ᵉ de l'édition de Bombay. Au 30ᵉ vers on lit : *eṣo 'pyâçaṃsate.* L'archaïsme *eṣaiva* se retrouve au 47ᵉ vers, mais la glose ne le relève pas.
41, 51, *b* : *pṛtanârkṣavanaukasâm.*
glose : *pṛtanâḥ* (sic) *ṛkṣety atra saṃdhir ârṣaḥ.* Pour : *pṛtanâ ṛkṣa°.*
E. S., 50, *b* lit : *pṛthag ṛkṣa°.*
59, 105, *b* : *medârdragâtra iti saṃdhir ârṣaḥ.* Pour : *meda ârdra°.*
E. S., 107, *b* : non signalé.

(1) «*Apsarâpsarasâm*, malgré la désinence du singulier, *Apsarâḥ*, saṃdhi irrégulier; d'autres disent que *Apsarâ* a la désinence féminine *â* irrégulière.»
(2) Le visarga *ḥ* tombe après l'*â* long et l'hiatus demeure.

62, 9 : *sa... samuditotpatya.*
glose : *sa Rávaṇo muditaḥ samutpatya..., saṃdhir árṣaḥ.* Pour : *samudita utpatya.*
E. S. porte cette variante : *utpatya cainaṃ mudito Rávaṇaḥ pariṣasvaje.*
69, 14 : *çatrubalaçriyárdanaiḥ.*
glose : *çatrûṇáṃ balasya çrîṇáṃ cárdanair ity arthe çriyárdanair ity árṣam.*
çriyá, pour *çriyás* au génitif singulier, donne : *çriyâ arda°*. Le saṃdhi est donc irrégulier.
E. S. : *çatrubalapramardanaiḥ.*
84, 6 : *Lakṣmaṇovâceti saṃdhir árṣaḥ.* Pour *Lakṣmaṇa uvâca.*
E. S. : *árṣaḥ saṃdhiḥ.*
97, 1 : *sarasîva.*
glose : *sarasî iva; saṃdhir árṣaḥ.* Pragṛhya.
E. S., 98, 1 : *prakṛtibhávábhávaḥ* (sic) *árṣaḥ* [1].
109, 23 : *eṣo 'hitágnir ity árṣaḥ saṃdhiḥ; áhitágnir iti cchedaḥ.* Il faut : *eṣa áhitágniḥ.*
E. S., 112, 24 : *eṣo hitágniḥ.*
eṣaḥ hitágniḥ; áhitágniḥ saṃdhir árṣaḥ.

VII, 4, 31 : *sadyopalabdhir ity árṣaḥ saṃdhiḥ.* Il faut : *sadya upa°.*
E. S. : non signalé.
5, 8 : *vyádhayopekṣitá iva... saṃdhir árṣaḥ.* Pour : *vyádhaya upekṣitá.*
E. S. : *°upekṣitá iti cchedaḥ*, sans indication d'archaïsme.
11, 37 : *bahuçokta iti saṃdhir árṣaḥ.* Pour : *bahuça uktaḥ.*
E. S., 38 : non signalé.
15, 34 : *Dhanadocchvásita iti saṃdhir árṣaḥ.* Pour *Dhanada ucchvásitaḥ.*
E. S., 38 : *Dhanadaḥ* (sic) *ucchvásita iti cchedaḥ saṃdhir árṣaḥ.*
30, 3 : *aho 'syeti saṃdhir árṣaḥ.* Pour : *aho asya. Aho* est pragṛhya.
E. S. : non signalé.
33, 13 : *Pulastyovâceti saṃdhir árṣaḥ.* Pour : *Pulastya uvâca.*
E. S. : signalé.

[1] «Cette inobservance de l'usage habituel est un archaïsme.»

36, 35 : *eṣo 'çramâṇîty ârṣaḥ saṃdhiḥ*, pour : *eṣa âçramâṇi.*
E. S., 36, 36 : non signalé.
36, 42 : *kuñjararuddho vâ.*
glose : *kuñjararuddheva iti pâṭhântaram : atra saṃdhir ârṣaḥ;* pour : *kuñjararuddha iva.*
E. S., 44 : *pañjararuddho vâ.*
36, 47 : *eṣeva eṣa iva, saṃdhir ârṣaḥ.*
E. S., 51 : non signalé.
65, 8 : *pûrvâ yajñavibhûtiyam ity ârṣaḥ saṃdhiḥ*, pour : *vibhûtir iyam.*
E. S. : non signalé.
67, 13 : *na te jñâm; na te âjñâm ity arthaḥ; saṃdhir ârṣaḥ.*
E. S. : glose : *te âjñâm iti cchedaḥ saṃdhir ârṣaḥ.*
69, 25 *b* : *eṣo pûrvasyeti. . . ârṣaḥ saṃdhiḥ.*
E. S., 26 *a* : *eṣa pûrvasya.*
81, 12 : *so 'çramâvasatha ity ârṣaḥ saṃdhiḥ.* Pour : *sa âçramâvasathaḥ.*
E. S. : non signalé.
102, 15 : *jajñate 'tidhârmikau, saṃdhir ârṣaḥ;* pour : *jajñate ati°.* Pragṛhya.
E. S. : non signalé.

II. Asaṃdhis irréguliers.

III, 47, 2 : *eṣa anukta ity ârṣo 'saṃdhiḥ.* Pour : *eṣo 'nukta.*
E. S. : *ayam anuktaḥ.*

IV, 53, 7 : *Mahâprâjña Aṅgada ity ârṣam*, pour : *°prâjñâṅgada.*
E. S., 20 : non signalé.

V, 47, 35 : *gṛhya iva.*
glose : *asaṃdhilyapâv ârṣau; gṛhîtvevety arthaḥ* (1).
E. S. : non signalé.

VI, 83, 29 : *bhûta adharma ity asaṃdhir ârṣaḥ;* pour : *bhûto-'dharmaḥ.*
E. S. : *bhûto adharmo vâ;* glose : *atra vṛttânurodhâya saṃdhyabhâvaḥ* (2).

(1) Double irrégularité concernant le saṃdhi et le *lyap* ou règles du gérondif.
(2) D'après cette glose l'asaṃdhi serait intentionnel.

VII, 8, 1 : *etya ivety asaṃdhir ârṣaḥ;* pour : *etyeva.*
E. S. : non signalé.
28, 41 : *citrakarma ivety asaṃdhir ârṣaḥ;* pour : *°karmeva.*
E. S., 42 : non signalé.
31, 36 : *Gaṅgâ iva. . . asaṃdhir ârṣaḥ;* il faut : *Gaṅgeva.*
E. S., 35 : non signalé.
35, 63 : *gamiṣyâma aprasâdyety asaṃdhir ârṣaḥ;* il faut : *gamiṣyâmo 'prasâdya.*
E. S. : non signalé.
36, 16 : *tuṣṭa aviṣâdam ity ârṣo 'saṃdhiḥ;* pour : *tuṣṭo 'viṣâdam.*
E. S. : non signalé.
69, 28, *a* : *eṣâ eveti; asaṃdhir ârṣaḥ,* pour : *eṣaiva.*
E. S., 69, 28, *c* : non signalé[1].

ANOMALIES VERBALES.

I. Augments.

I, 1, 59, *d* : *çaṃsat; chândaso 'ḍabhâvaḥ,* pour : *açaṃsat.*
E. S., 58, *b* : non signalé.
2, 15 : *agama ity aḍâgamas tu mâṅyoge py ârṣatvât.* Ici l'emploi de l'augment, malgré la présence de la particule prohibitive *mâ,* est irrégulier.
E. S. défend la leçon *mâ agamaḥ. He Niṣâda tvaṃ yat yasmât kâraṇât krauñcamithunât kâmamohitam ekaṃ krauñcam avadhîḥ tat tasmât kâraṇât çâçvatîḥ samâḥ bahûn saṃvatsarân pratiṣṭhâṃ sthitiṃ mâ agamaḥ mâ prâpnuhi; nâyaṃ mâṅ api tu mâçabdaḥ; tena aḍâgame pi na virodhaḥ prâthamiko 'yam çlokaḥ maṅgalâçâsanaparatayâpi vyâkriyate. He mâniṣâda çrînivâsa Râma yat krauñcamithunâd râvaṇamaṇḍodarîrûpâd râkṣasamithunât kâmamohitam ekaṃ Râvaṇam avadhîḥ hatvâ trailokyam apâlayaḥ tasmât tvaṃ çâçvatîs samâḥ pratiṣṭhâm agamaḥ prâpnuhi; lakâravyatyayaḥ.*

[1] Dans ce sarga les deux éditions présentent plusieurs différences de lecture.

7, 13 : *samapûrâyan;* variante : *abhipûrayan.* Ici la glose ajoute : *itipâthe 'ḍabhâva ârṣaḥ.* Dans ce texte l'absence d'augment est archaïque. Il faut : *abhyapûrayan.*

E. S., 11 : *samapûrayan*, sans variante indiquée.

9, 6, *b* : *samabhivartateti bhaviṣyati laṅ, aḍabhâvaç cârṣaḥ;* pour : *samabhyavartata.*

Double archaïsme ou irrégularité : l'imparfait (*laṅ*) pour le futur et l'absence d'augment.

E. S., *d* : non signalé.

17, 34 : *vicaranto 'rdayan.*

glose : *ârdayan ity arthaḥ; aḍabhâva ârṣaḥ.*

E. S., 32 : non signalé.

18, 17 : *patad ity atrâḍabhâvaç chândasaḥ;* pour : *apatat.*

E. S., 16 : *puṣpavṛṣṭiç ca khâc cyutâ.*

18, 44, *b* : *upahârayad iti.....aḍabhâva ârṣaḥ*, pour : *upâhârayat.*

E. S., *d* : non signalé.

22, 10 : *dîptau çobhayetâm ity âḍabhâvaç*[1] *chândasaḥ*; il faut lire : *dîptâv açobha°.*

E. S., 9 : non indiqué.

23, 20, *d* : *abhirañjayan.*

glose : *abhyarañjayan; aḍabhâva ârṣaḥ.*

E. S., *b* : non indiqué.

26, 27, *b* : *abhipûjayan; aḍabhâva ârṣaḥ;* pour : *abhyapû°.*

E. S., 26, *d* : non signalé.

37, 19, *d* : *abhijâyata; aḍabhâva ârṣaḥ;* pour : *abhyajâyata.*

E. S., *b* : *abhyajâyata.*

37, 25 : *bruvan.*

glose : *abruvann ity arthaḥ; aḍabhâva ârṣaḥ.*

E. S., 26 : non signalé.

38, 23, *d* : *samabhijâyata; aḍabhâva ârṣaḥ;* pour : *samabhyajâyata.*

E. S., *b* : non signalé.

43, 15, *b* : *anuvrajad ity aḍabhâva ârṣaḥ;* pour : *anvavrajat.*

E. S., *d* : non signalé.

(1) Cet *â* long est sans doute une faute d'impression. Le glossateur, on l'aura observé, emploie indifféremment les termes *ârṣaḥ* et *chândasaḥ*.

50, 22 : *nyavedayad ameyâtmâ putrau Daçarathasya tau.*
glose : *«nivedayat» iti pâṭhe 'ḍabhâva ârṣaḥ.* Cette leçon est incorrecte; il faut : *nyavedayat.* (Peut-être s'agit-il ici d'une correction du texte.)
E. S. : *nyavedayan mahâtmânau putrau Daçarathasya tau.*
glose : *putrâv iti nyavedayat.*
52, 11 : *prîyetâm; aḍabhâva ârṣo laṅ*[1]; pour : *aprîyetâm.*
E. S. : non signalé.
66, 22, *b* : *pîḍayan.*
glose : *apîḍayan; aḍabhâva ârṣaḥ.*
E. S., *d* : signalé.
66, 23, *d* : *prasâdayam prasâditavân; laṅy aḍabhâva ârṣaḥ;* pour : *aprasâdayam.*
E. S., 24, *b* : signalé.
70, 27 : *jâyata,* archaïsme non signalé; pour : *ajâyata.*
E. S., 24 : *jâtavân.*
75, 24, *c* : *utsâdayam;* pour : *udasâdayam.*
glose : *utsâditavân; aḍabhâva ârṣaḥ.*
E. S., 25, *c* : non signalé.

II, 1, 3 : *smaratâm asmaratâm; aḍabhâva ârṣaḥ.*
E. S. : non signalé.
11, 18 : *cyâvayat, pracyutavîryam akarot; aḍâbhâva ârṣaḥ;* pour : *acyâvayat.*
E. S. : *acyâvayat.*
41, 9, *d* : *na pâyayan nâpayayan, aḍabhâva ârṣaḥ.*
E. S., 10, *b* : non signalé.
48, 4 : *prasârayan; prâsârayan ity arthaḥ*[2].
E. S. : archaïsme ni signalé, ni corrigé.
52, 79 : *praṇamat; aḍabhâva ârṣaḥ.*
E. S. : *prâṇamat.*
63, 52, *d* : *uddharam; aḍabhâva ârṣaḥ,* pour : *udadharam.*
E. S., *b* : non signalé.
80, 7 : *chindan; aḍabhâva ârṣâḥ,* pour : *acchindan.*
E. S. : non signalé.

[1] A l'imparfait (*laṅ*) l'absence d'augment est un archaïsme.
[2] Tout en corrigeant le texte, la glose n'indique pas l'anomalie.

103, 23 : *avatârayat.*
La glose corrige : *avâtârayat,* sans mention d'*ârṣa.*

E. S., 102, 25 : *avâtârayat.*

110, 15, *d* : *Asito nâpajâyata.* Archaïsme ni corrigé, ni mentionné. Pour *nâpâ°* (1).

E. S., *b* : *Asito nâma jayata.* Sans glose.

III, 11, 59 : *viniṣpatad vinirgatavân; aḍabhâva ârṣaḥ,* pour : *vinirapatat.*

E. S., 61 : non signalé.

12, 21, *d* : *abhiniṣpatat; aḍabhâva ârṣaḥ,* pour : *abhinirapatat.*

E. S., *b* : non signalé.

14, 29 : *janayat; ajanayad ity arthaḥ,* sans mention d'*ârsa.*

E. S. : non signalé.

31, 43, *b* : *Sîtâm ihânayeti ko bravîti taṃ bravîhi.* La glose reproduit cette phrase et observe : *îḍ ârṣaḥ.* Il faut : *ko 'bravîd iti.*

E. S., 42, *f* : non signalé.

IV, 16, 27, *b* : *parihîyata; aḍabhâva ârṣaḥ,* pour : *paryahîyata.*

E. S., 26, *d* : *parihîyate.*

48, 22, *a* : *vicinvan,* pour *vyacinvan.* Non signalé.

E. S., 21, *c* : *vyacinvan.*

50, 9, *d* : *niṣkraman,* pour *nirakraman.*
La glose corrige : *nirâkraman* avec un *â* long qui ne s'explique pas, et sans mention d'*ârṣa.* Peut-être est-ce une faute d'impression.

E. S., *b* : non signalé.

V, 1, 50 : *vyavaçîryanta; ârṣo 'ḍabhâva,* pour : *vyavâçîryanta.*

E. S., 52 : *avaçîryanta.*
glose : *avâçîryanta sthitavanta ity arthaḥ.*

1, 194 : *vilokayad vyalokayat,* sans mention d'*ârṣa.*

E. S., 193 : *vilokayan* (part. présent).

(1) Il est rare que l'édition de Bombay ne relève pas les irrégularités de ce genre, soit en les corrigeant, ou du moins en les signalant. On aura remarqué, en effet, que tantôt elle corrige et signale l'irrégularité, tantôt elle se borne à la signaler ou à la corriger.

18, 10 : *anuvrajan* (3e pers. pluriel); *aḍabhâva ârṣaḥ;* pour : *anvavrajan.*
E. S. porte : *anuvrajat* au singulier et n'indique pas l'irrégularité.
38, 29 : *yojayat, ... ayojayad ity arthaḥ,* sans *ârṣa.*
E. S., 30 : non signalé.
38, 61 : *anusmarad anvasmarat,* sans *ârṣa.*
E. S., 64 : *anusmaret.*
37, 16 : *paripâlayaḥ paryapâlayaḥ,* sans *ârṣa.*
E. S. : *paryapâlayaḥ.*

VI, 41, 93 : *abhivartatâbhyavartata,* sans mention d'*ârṣa.*
E. S., 92 : *abhyavartata.*
44, 27 : *bhakṣayan abhakṣayan,* sans autre indication.
E. S. : non signalé,
46, 17 : *tâḍayad atâḍayat,* sans mention d'*ârṣa.*
E. S., 18 porte : *tâḍayâmâsa Râvaṇiḥ,* au lieu de *tâḍayat sa ca Râvaṇiḥ.*
51, 33 : *abhidravad abhyadravat,* sans autre indication.
E. S., 52, 33 : non signalé.
58, 16 : *vaman avaman,* corrige la glose qui donne une variante : « *vemuḥ* » *iti pâṭhântaram,* mais sans indication d'archaïsme.
E. S. donne précisément la variante : *vemuḥ.*
58, 23 : *saṃtyâjayat samatyâjayat,* sans *ârṣa.*
E. S. : non signalé.
60, 53 : *pâtayann apâtayan,* sans indication d'*ârṣa.*
E. S., 54 : non signalé.
67, 96 : *saṃprasravat; aḍabhâva ârṣaḥ,* pour : *saṃprâsravat.*
E. S., 98 : donne le texte : *saṃprasravaṃs tadâ,* au lieu de : *saṃprasravat tadâ.* L'irrégularité est évitée.
71, 80 : *utsṛjat* pour : *udasṛjat.* Archaïsme ni signalé ni corrigé.
E. S., 82 : idem.
76, 36 : *sântvayad asântvayat.* Point d'indication d'*ârṣa.*
E. S., suivant son habitude, ne signale ni ne corrige l'incorrection.
79, 26 : *kurutâm akurutâm; aḍabhâva ârṣaḥ.*
E. S. : non signalé.

96, 29, *b* : *tâḍayat*, pour : *atâḍayat*.
ni corrigé, ni signalé.

E. S., 97, 28, *c* : *urasy atâḍayat*, au lieu de : *urasi tâḍayat*[1].

96, 31 : *tato 'nyaṃ pâtayat*, pour : *apâtayat*. Ni corrigé, ni signalé.

E. S., 97, 31 : *tato nyapâtayat*.

114, 35 : *samapanudat samapânudat*. Archaïsme corrigé, non signalé.

E. S., 117, 36 : ni signalé, ni corrigé.

128, 24 : *mantrayann amantrayan*. Sans indication d'*ârṣa*.

E. S., 131, 24 : comme d'habitude, ni signalé, ni corrigé.

128, 42 : *abhyucchrayann abhyudaçrayan*. Non signalé.

E. S., 131, 42 : ni signalé, ni corrigé.

VII. 19, 11 : *niṣkrâman nirakrâmat*. Sans indication.

E. S. : archaïsme corrigé, non signalé[2].

23, 6 : *labdavarâvasan*.
glose : *vasann ity aḍabhâva ârṣaḥ; labdhavarâḥ*[3].

E. S. écrit *labdhavarâ vasan*, comme pour mieux marquer cette absence d'augment que pourtant elle ne signale, ni ne corrige.

59, 8 : *saṃkrâmayad asaṃkrâmayat* (sic)[4], sans indication d'*ârṣa*, pour : *samakrâmayat*.

E. S. : non signalé.

88, 16 : *çabdâpayata*, pour : *açabdâpayata*.
La glose se borne à donner l'équivalent *âhvayata* sans relever l'irrégularité.

E. S. : non signalé.

89, 1 : *brûtâm abruvatâm*, sans indication d'*ârṣa*.

(1) Cette correction facile, qui ne trouble en rien la mesure, est probablement due à l'éditeur. Celui de la version dite de Bombay aura davantage respecté le texte, ou même n'aura pas remarqué la faute, puisqu'il ne la signale pas.

(2) Voici quatre fois que l'on rencontre le préfixe *nis* devant un imparfait et *jamais* avec l'augment. Serait-ce intentionnel ?

(3) Peut-être s'agit-il ici d'un saṃdhi irrégulier, comme on en a vu plusieurs, et non d'un manque d'augment.

(4) L'augment placé avant le préfixe est, sans doute, une distraction du glossateur.

E. S. écrit *abrûtâm*, et donne ainsi les 3e et 4e pâdas : *âçcaryam iti câbrûtâm ubhau Râmaṃ janeçvaram.*
Bombay lit : *âçcaryam iti cabrûtâm*, etc.

II. Voix. Temps. Modes.

I, 1, 85 : *pramumodeti cchândasaṃ parasmaipadam.*
Actif pour moyen : *pramumude.*
E. S., 84 : non signalé.

2, 7 : *prâyacchateti cchândasam*, pour : *prâyacchat.*
E. S. : non signalé.

2, 29, *b* : *hanyâd dhatavân ity arthe chândasam.*
Optatif pour parfait : *jaghâna.*
E. S., 28, *c* : non signalé.

4, 3 : *prayuñjîyâd iti cchândasam.*
Optatif pour futur : *prayokṣyati.*
E. S. : non indiqué.

4, 4 : *agṛhîtâm iti cchândaṣam.*
E. S. : *agṛhṇîtâṃ . . . Kuçîlavau*[1].

9, 6 : *samabhivartata*, double irrégularité déjà relevée précédemment, au chapitre des suppressions d'augment. L'imparfait pour le futur : *samabhivartasyati.*
E. S. : non signalé.

10, 16 : *âsety ârṣam; babhûvety arthaḥ.*
E. S. : non signalé.

13, 40 : *ârabhann iti cchândasaṃ*, pour : *ârambhan.*
E. S., 37 : non signalé.

21, 13 : *praçâsati.*
glose : *praçâsti smety arthaḥ; çab ârṣaḥ*[2].
E. S. donne la même leçon qu'elle glose ainsi : *Yadâ ayam praçâsati praçâsti tadâ dattâḥ.*

(1) L'édition du Sud donne le composé duel *Kuçîlavau* pour un archaïsme et corrige *Kuçalavau*. Voici d'ailleurs sa glose : *Kuçîlavau Kuçalavau; ikâraç chândasaḥ*. Dans l'édition de Bombay on rencontre bien plus souvent la première forme que la seconde.

(2) Le présent ici est pour le passé, indiqué par l'enclitique *sma*. De plus *praçâsati* est la troisième personne plurielle, de sorte que le *vikaraṇa a* (*çab*), est irrégulier.

21, 22 : *mumodeti parasmaipadam ârṣam*, pour : *mumude*.
E. S. : non signalé.
23, 6 : *tapyatâṃ tapatâm; yak chândasaḥ* [1].
E. S. : non signalé.
23, 8 : *vasate vasati; taṅ chândasaḥ*.
E. S. : non signalé.
27, 15, *b* : *dadmîty ârṣam*. Il faut : *dadâmi*.
E. S. 14, *d* : non signalé.
33, 12 : texte : *paryupâsate*.
glose : *paryupâsata iti çabalug ârṣaḥ* [2], pour *paryupâste*.
E. S. : non signalé.
38, 10 : *icchâvahe icchâvaḥ;* sans mention d'irrégularité.
E. S. : ni correction, ni indication.
39, 14, *b* : *anugacchathânveṣayata; thasya tâdeçâbhâva ârṣatvât* [3].
E. S., 13, *d* : *anugacchata*.
40, 11 : texte : *nivartata*.
glose : *nivartadhvam ity arthe ârṣam etat*.
E. S., 10 : *nivartatha*. L'indicatif actif au lieu de l'impératif moyen : double irrégularité non signalée.
41, 25 : *adhyagacchateti taṅ ârṣaḥ*, pour *adhyagacchat*.
E. S. : non signalé.
43, 9 : *ababhramat*, pour *abaṃbhramat*.
glose : *ârṣatvât sanvaditvaṃ na* [4].
E. S. glose ainsi cette expression qu'elle donne correcte *punaḥ punar abhramat*.
61, 19 : *rakṣye*.
glose : *rakṣiṣyâmîty arthe rakṣye ity ârṣam*.
E. S., 18 : *rakṣe*, sans glose.
62, 22 : *gacchâvahe ity ârṣaṣ taṅ*, pour : *gacchâvahai*.
E. S. : non signalé.
72, 15, *d* : *âṣyatâm ity ârṣaṃ paripâlayetâm ity arthakam* [5].
E. S., 16, *b* : donne *âsâtâm*, sans glose.

[1] *yak* est l'exposant de *ya*, indice du passif.
[2] La non-suppression du vikaraṇa *a* est un archaïsme.
[3] C'est en vertu d'un archaïsme que *tha* est substitué à *ta*.
[4] Cf. Pâṇini, 6, 1, 9.
[5] La forme thématique de ce verbe est védique.

II, 4, 21 : *vakṣyante.*
glose : *vadantîty arthe ârṣam* [1].
E. S. : non signalé.
23, 40 : *bravîhîty ârṣam it* [2], pour : *brûhi.*
E. S. : non signalé.
32, 41 : *jijñâsitum icchatâ mayâ.*
glose : *jijñâsitum jñâtum; svârthe sann ârṣaḥ.*
Le désidératif après le verbe «désirer» constitue un pléonasme irrégulier
E. S. : non signalé.
34, 31 : *gacchasvety ârṣam,* pour : *gaccha.*
E. S. : non signalé.
47, 4 : *paçyâmaha iti tañ ârṣaḥ* [3].
pour *paçyâmaḥ.*
E. S. : non signalé.
48, 4 : *na câhṛṣyan na câmodan vaṇijaḥ.*
glose : *parasmaipadam ârṣam* [4].
E. S. : non signalé.
52, 38 : *brûyâḥ* [5].
glose : *brûyâ brûyâm; chândasam etat.*
E. S. : *brûyâm.*
55, 30 : *ânayâmâsa.*
glose : *ânayâmâsety âninya ity artha ârṣam.*
E. S., 31 : non signalé.

(1) Le futur pour le présent est archaïque, d'après la glose. Il s'agit de la prédiction d'un événement qui devait avoir lieu le lendemain du jour où les astrologues l'annonçaient. Voici dès lors la traduction de ce çloka : «Aujourd'hui la lune entre dans la constellation de Punarvasu qui précède Puṣya. Les astrologues *annoncent,* pour demain sans faute, la conjonction de Puṣya.»

Peut-être aussi le verbe *vadati* est-il ici plus exact que *vacati,* puisqu'il s'agit d'une proclamation solennelle.

(2) Cf. Pâṇini, 7, 3, 93.

(3) La glose ajoute : *he iti saṃbodhanaṃ vâ parasparam :* A moins qu'il ne s'agisse de l'interjection Hé! pour s'exciter l'un l'autre (Hé! ne voyons-nous pas Râma?).

(4) La glose explique la différence entre ces deux verbes : *harṣaḥ çârîro mukhavikâsâdirûpah; moda ântaro harṣaḥ.*

(5) Le visarga doit être une faute d'impression; aussi bien la glose a lu *brûyâ.*

61, 25 : *tvaṃ mama naivâsi Râmaç ca vanam âhitaḥ.*
glose : *tvaṃ mama nâsy eva, sapatnîvaçatvât. «Mâsti» iti pâṭha ârṣatvaṃ bodhyam.*
E. S. : *tvaṃ caiva me nâsti Râmaç ca vanam âçritaḥ.*
glose : *nâsti nâsi; vibhaktipratirûpakam avyayam* [1].

79, 9 : *ânayiṣyâmi; iḍ ârṣaḥ*, pour : *âneṣyâmi.*
E. S. : non signalé.

107, 9 : *bhavân...kartum arhasi râjendra.*
glose : *arhasîty ârṣam. «Arhati» iti pâṭhântaram; Ata eva saṃbodhanam* [2].
E. S. : *bhavân...kartum arhati râjendra.*

107, 10 : *trâhîty ârṣam.* Pour *trâsva.*
E. S. donne *pitaraṃ câpi*, au lieu de *pitaraṃ trâhi.*

111, 25 : *nânuçâsâmi nânuçiṣṭavân; çab ârṣaḥ*, pour : *nânuçâsmi.*
E. S. : non signalé.

III, 9, 2 : *prâpyate prâpnoti; chândasaḥ çyan* [3].
E. S. : non signalé.

10, 7, *a* : *abhyavapadya.*
glose : *abhyavapadyânugṛhâṇeti mâm ûcuḥ; padyater ârṣaṃ parasmaipadam*, pour : *abhyavapadyasva.*
E. S., *c*, se borne à traduire ce mot comme l'édition de Bombay, sans corriger ni même indiquer l'*ârṣa*.

10, 9, *c* : *kiṃ karomi.*
glose : *kiṃ karavâṇîty arthaḥ; loḍarthe laḍ ârṣaḥ* [4].
E. S., 10, *a* : non signalé.

(1) *Asti* peut à la rigueur s'expliquer en lui donnant Râma pour sujet; toutefois cette explication n'est admise par aucune des deux gloses. L'édition de Bombay corrige même le texte, on le voit.

(2) La glose estime incorrect de parler à un prince autrement qu'à la troisième personne. Du reste le *bhavân* qui précède justifie cette observation. Ainsi l'a compris l'édition du Sud qui cependant au çloka suivant emploie, elle aussi, la deuxième personne de l'impératif, en parlant au même Bharata; mais il n'y a plus de *bhavân*.

(3) Le passif (*çyan*) est védique ici.

(4) Dans le sens de l'impératif *loṭ*, l'emploi du présent *laṭ* est défectueux

13, 17 : *brûmi bravîmi*, sans autre observation.
E. S., 19 : sans indication.
26, 25, *d* : *hanadhvam ity ârṣam*, pour : *hadhvam*.
E. S., *b* : non signalé.
38, 16 : *âjagâmâçramântaram*.
Après un assez copieux commentaire de ce texte, le glossateur conclut : *ârṣo vâ liṭ* [1].
E. S. : *âjagâma tadâçramam*.
56, 5 : *çayitâ*.
glose : *çayanakartâ; mṛto'bhûr iti çeṣaḥ; iḍ ârṣaḥ*.
E. S. : non signalé.
68, 27 : *didhakṣyâmi*.
glose : *dagdhum icchâmi...çyan ârṣaḥ*; l'*y* est archaïque.
E. S. : *didhakṣâmi*.

IV, 7, 14 : *brûmi*.
La glose corrige : *bravîmi*, sans observation.
E. S. : non signalé.
7, 24 : *ubhau.....abhâṣatâm*.
glose : *abhâṣetâm*, sans observation [2].
E. S. : *ubhau...prabhâṣatâm*, sans glose.
10, 18 : *pratîkṣa pratîkṣasva*.
E. S. : *pratîkṣa*, sans glose.
11, 70 : *vivyâtha pîḍitavân, ârṣam parasmaipadam... «vivyâdha» iti pâṭhântaram; tulyo 'rthaḥ*.
E. S. : *vivyâdha*.
22, 22 : *gaccher mâ, mâ gaccha*, sans autre observation.
E. S. : *gaccher mâ*, sans glose.
58, 6 : *châdayâm âsa*, pour : *channavân*.
glose : *aparokṣe 'pi liḍ uttama ârṣaḥ* [3].
E. S. : non signalé.

(1) Voici la glose : *âjagâmety uttamapuruṣaḥ. Atra parokṣyârthakaliṭâ daivapâravaçyâd evâham âgato na tu tad âgamanam mama pratyakṣam iti dhvanayati. Yad vâ bahukâlikatvena vismṛtatvâd vâ tattvâropaḥ, ârṣo vâ liṭ*. Vide *infra*, note 3.

(2) La glose, on le voit, propose le moyen au lieu de l'actif, comme dans le passage ci-après.

(3) Quand il ne s'agit pas de la règle *parokṣa liṭ* (Pâṇini, 3, 2, 115-119) l'emploi du parfait à la première personne est archaïque. Vide *infra*, VII, 77, 3 et 8.

V, 1, 149 : *nâtivarten mâṃ kaçcid.*
glose : *kaçcid api mâṃ nâtivartet; . . . parasmaipadam ârṣam.* L'actif est irrégulier.

E. S., 157 : non signalé[1].

2, 54 : *uttiṣṭhate ârsas taṅ*, sans autre indication.

E. S., 57 : *uttiṣṭhate âvirbhavati sma*[2].

67, 13 : *sa tvaṃ. . . cikṣepa.*
glose : *cikṣepa, cikṣepitha; ârṣaḥ prayogaḥ.*
L'irrégularité consiste dans l'accord du verbe avec *sa*, non avec *tvam.* «Celui-là, c'était toi, jeta, etc.»

E. S. : *kṣiptavâṃs tvam.*

VI, 21, 10 : *niçâs tisro'bhijagmatuḥ.*
La glose corrige : *abhijagmuḥ*, sans mentionner l'irrégularité de ce duel pour un pluriel.

E. S. : *aticakramuḥ.*

21, 11 : *upâsata tadâ Râmaḥ.*
La glose rectifie : *upâsta*, sans ajouter, comme précédemment, en pareille circonstance : *çabalug ârṣam.*

E. S. : ni signalé, ni corrigé.

22, 6 : *rodasî saṃpaphâleva*, pour : *saṃpaphâlatur iva.*
glose : *viçaçaratur iva ekavacanam ârṣam.*
Le singulier au lieu du duel est un archaïsme[3].

E. S. : *bhinne iva*, dit la glose, sans rien ajouter.

22, 50 : *haripuṃgavâḥ. . . . . utpetatuḥ.*
glose : *utpetuḥ*, sans indication d'archaïsme.

E. S., 53 : *abhipetuḥ.*

34, 9 : *tarjâpayati mâṃ nityaṃ bhartsâpayati ca.*

---

[1] On remarquera l'écart du numérotage des çlokas pour les deux éditions. Ici, l'édition du Sud signale une interpolation de dix çlokas qu'elle numérote à part et met entre crochets.

[2] Le *sma* de la glose de l'édition du Sud, comme d'ailleurs le contexte, indique qu'il s'agit du passé, non du présent. L'irrégularité relevée par l'édition de Bombay consiste donc dans ce changement de temps.

[3] *Rodasî* est donné par le poète pour un féminin *singulier*, intentionnellement ou par distraction.

glose : *tarjabhartsâbhyâm «tat karoti», iti ṇici pug ârṣah* [1].

E. S. : non signalé.

48, 16 : *Râghavau pratyapadyata.*

glose : *pratyapadyetâm ekavacanam ârṣam* [2].

E. S. : *pratyapadyatâm.*

53, 15 : *vyâharanta vyâharan,* sans indication d'*ârṣa.*

E. S. : *vyâharanti* [3].

89, 19, *a* : *ghnatety ârṣam.* Il faut : *hata.*

E. S., 90, 18, *e* : non signalé.

92, 25 : *saṃstambhayiṣuḥ.*

glose : *pratiṣṭhâpayitum icchuḥ... dvitvâbhâva ârṣaḥ.* Le non-redoublement est archaïque; il faut : *saṃtastambhayiṣuḥ.*

E. S., 93, 27 : non signalé.

101, 6 : *lajjatîveti parasmaipadam ârṣam,* pour : *lajjate.*

E. S., 102, 6 : non signalé.

128, 67, *d* : *samayokṣyata.*

glose : *saṃyuktaḥ kṛtaḥ; ... ârṣo laṅ* [4].

E. S., 131, 64, *d* : non signalé [5].

VII, 6, 44 : *jighâṃsâmaḥ.* Désidératif archaïque.

glose : *svârthe san ârṣaḥ; hanma ity arthaḥ.*

E. S. : non signalé.

10, 32, *b* : *pâlaye;* la glose corrige : *pâlayeyam,* sans observation.

E. S., *d* : non signalé.

18, 12 : *bhâsase;* la glose rectifie *bhâṣase,* sans observation.

E. S., 13 : *bhâṣase.*

(1) Râvaṇa injurie et maltraite en personne, et non par intermédiaire; d'où l'irrégularité du causal, suivant le commentateur.

(2) On expliquerait ce singulier au lieu du duel en supposant que le poète avait surtout Râma présent à l'esprit.

(3) Nous avons ici affaire à l'imparfait moyen dans le texte de Bombay, à un imparfait actif dans la glose, enfin à un indicatif, voix active, dans le texte de l'édition du Sud.

(4) Imparfait (*laṅ*) archaïque.

(5) Le vers soixante-quatrième de l'édition du Sud est suivi de quatre autres numérotés à part (1, 2, 3, 4), puis vient le soixante-cinquième qui a six pâdas.

31, 28, *d* : *candrâyati*, pour : *candrâyate*.
glose : *candra ivâcarati; ârṣam parasmaipadam.*

E. S., *b* : non signalé.

32, 18 : *krîḍâpayati; krîḍayati; pug ârṣaḥ.*
Causal archaïque.

E. S. : non signalé.

40, 17 : «*vatsyantu*» *iti pâṭhe, vasantv ity arthaḥ; ârṣaḥ syaḥ.* Futur impératif védique.

E. S., 16 : *vatsyanti* (1).

58, 20 : *na mâm tvam avajânîṣe.*
glose : *mâm tvam na jânîṣe, na jânâsi; avaprayogo dhâtvarthamâtre ârṣaḥ.*
L'adjonction d'*ava*, pour exprimer simplement le sens de la racine, est archaïque.

E. S. : non signalé.

63, 2 : *vidma;* la glose corrige : *vedmi*, sans observation.

E. S. : même texte. Glose : *vedmîty arthaḥ.*

76, 27 : texte : *jîvâpita.*
glose : *jîvanam prâpitaḥ; pug ârṣaḥ* (2).

E. S. : non signalé.

77, 3 : (*aham*)*na çaçâka ha.*
glose : *na çaktavân; aparokṣe liḍ ârṣaḥ* (3).

E. S. : non signalé.

77, 8 : *saras tad* (*aham*) *upacakrame.*
glose : *tat saro gantum upacakrame; aparokṣe liḍ ârṣaḥ.* Il faut : *upakrântavân.*

E. S. : non signalé.

77, 14, *a* : glose : *dodhûyur iti yaṅlug antasya*, sans autre observation.

E. S., *c* : sans observation.

78, 20 : glose : *kurmi karomi*, sans observation.

E. S., 21 : pas de glose.

(1) L'indicatif futur, au lieu de l'impératif.

(2) Böhtlingk, premier supplément, art. *jîv*, fait suivre d'un point d'exclamation ce prétendu archaïsme. Il écrit, en effet, en reproduisant la glose : *pug ârṣah* (!).

(3) Cf. *supra*, p. 22, note 3.

82, 20 : *çabdâpayata... bahuvacanam ârṣam*, il faut : *çabdâpaya.*
E. S. : non signalé.

III. Infinitifs. Gérondifs. Participes.

I, 22, 7 : *çobhayânau... mug abhâva ârṣaḥ*, pour : *çobhayamânau.*
E. S. : non signalé.
27, 1 : *uṣyety ârṣam.* Il faut : *uṣṭvâ* ou *uṣitvâ.*
E. S. : non signalé.
28, 1 : glose : *gacchan gamiṣyan*, sans observation.
E. S. : sans glose.
30, 19 : glose : *dṛçya dṛṣṭvâ*, sans mention d'irrégularité.
E. S., 18 : non signalé.
48, 9 : glose : *uṣyoṣitvâ ârṣam etat.*
E. S. : non signalé.
48, 11 : glose : *dṛçya dṛṣṭvâ*, sans indication d'*ârṣa.*
E. S. : non signalé.
49, 6 : *gṛhya gṛhîtvâ*, sans autre indication.
E. S. : non signalé [1].
62, 2 : glose : *viçramamânasyeti viçrâmata ity arthe ârṣam.* Le participe moyen pour l'actif est irrégulier.
E. S. : non signalé.
75, 2 : glose : *gṛhya gṛhîtvâ*, sans observation.
E. S. : non signalé.
76, 22 : glose : *dṛçya dṛṣṭvâ*, sans observation.
E. S. : non signalé.

II, 3, 30, *b* : glose : *paçyamâna ity ârṣam*, pour : *paçyan.*
E. S., 29, *d* : non signalé.
3, 34, *a* : glose : *gṛhya gṛhîtvâ*, sans indication d'*ârṣa.*
E. S. 23, *c* : *gṛhyâñjalau.*
glose : *añjalau gṛhya añjaliṃ pragṛhya ;* sans signaler l'*ârṣa.*

[1] Entre les vers 5 et 6, l'édition du Sud en intercale un entre crochets, comme s'il était interpolé. L'édition de Bombay l'ignore.

15, 1 : glose : *uṣyoṣitvâ*, sans autre indication.
E. S. : non signalé.
16, 21 : *abhidadhyuṣ. . . . abhidhyâyanti*, sans observation.
E. S. : sans glose.
25, 33 : *prârthayânasya*, pour : *prârthayamânasya.*
glose : *ârṣatvân mugabhâvaḥ.*
E. S. : ni correction, ni indication d'*ârṣa.*
32, 8 : *gacchati numabhâva ârṣaḥ*, pour : *gacchanti.*
E. S. : ni corrigé, ni signalé.
35, 1 : *kaṭakaṭâyya*, pour : *kaṭakaṭâyitvâ.*
glose : *kaṭakaṭâçabdavataḥ(dantân) kṛtvâ*[1], sans indication d'*ârṣa.*
E. S. : non signalé.
63, 13 : *çabdavedhyam çabdavedhitvam ity arthe ârṣam.*
E. S. donne le texte : *çabdavedhyamayaṃ phalam*, au lieu de : *çabdavedhyam idaṃ phalam.*
glose : *çabdavedhyahetukam.*
63, 22 : *pûryataḥ*, pour : *pûryamânasya.*
glose : *çatrantatvam ârṣam.*
E. S. : non signalé.
63, 34, *d* : *vilapataḥ.*
la glose donne une variante : *lâlapyataḥ;* elle ajoute : *iti pâṭhe tu yaṅ antácchatâ ârṣaḥ*[2].
E. S., *b* : *lâlapataḥ*, sans glose.
97, 12 : *ruṣya.*
glose : *tad viṣayaroṣam kṛtvety arthaḥ*, sans autre observation. Il faut : *ruṣṭvâ.*
E. S. : non signalé.
106, 5 : *viṣiditum ity ârṣam; viṣattum ity arthaḥ.*
E. S. : non signalé.
114, 4 : *alpoṣṇakṣubdhasalilâṃ . . . nadîm.*

[1] «Il faisait faire à ses dents le bruit *kaṭakaṭâ.*» Böhtlingk corrige : *kaṭakaṭâpya.* Dans son premier supplément, il maintient le texte : *kaṭakaṭâyya*, en observant : «liest die Ed. Bomb. *kaṭakatâyya;* man streiche demnach *kaṭakaṭâpay.* Vgl. *kiṭakiṭây.*»

On retrouvera la même expression ci-dessous (VI, 80, 1, et VII, 69, 2).

[2] Cf. Pâṇ.: *cha*, et Râmây. : VII, 8, 23, glose. L'intensif de la variante est archaïque; le glossateur rétablit ce qu'il considère comme le vrai texte.

glose : *kṣubdhety ârṣam.* Sans doute le glossateur préfère la forme : *kṣubhita*[1].

E. S. : non signalé.

III, 24, 13 : *pratikûlitum icchâmi na hi vâkyam idaṃ tvayâ.*

glose : *vâkyaṃ mayocyamânaṃ tvayâ pratikûlituṃ viparitaṃ kartuṃ necchâmi; bhinnakartṛke tumun ârṣaḥ*[2].

E. S. : *pratikûlitum.*

glose purement explicative : *viparitaṃ kartum.*

IV, 15, 22 : *na cecchâmy abhyasûyitum.*

glose : *tvayâbhyasûyituṃ necchâmi.... ârṣatvâd asamânakartṛtve 'pi tumun*[3].

E. S. : non signalé.

30, 14 : *cañcûrya.*

glose : *bhrâtṛduḥkhena garhitaṃ caritvâ. Yañlug-antâd ârṣo 'samâse lyap*[4].

Il faut : *cañcûritvâ.*

E. S. : *cañcûrya.*

glose : *kuṭilaṃ caritvâ;* sans indication d'*ârṣa.*

46, 16 : *parikâlyamânaḥ.*

glose : *parikâlayamânaḥ; palâyamâna ity arthaḥ; akâralopa ârṣaḥ.*

E. S. : *parikâlayamânaḥ.*

54, 13 : *iṣatkâryam: iṣatkaram... khalabhâva ârṣaḥ.*

E. S. : non signalé.

59, 1 : *vadata ity atra numabhâva ârṣaḥ.*

Il faut : *vadantaḥ.*

E. S. : *muditâḥ.*

V, 7, 16 : glose : *adṛçyâdṛṣṭvâ... ârṣo lyap.*

E. S. corrige *adṛçya* par *adṛṣṭvâ,* sans mentionner autrement l'irrégularité.

[1] Böhthlingk dit : *kṣubdha* (selten) und *kṣubhita.*

[2] L'infinitif est ici un archaïsme parce qu'il n'a point pour sujet celui du verbe principal : « *Je* ne veux pas que *tu* enfreignes mon ordre. »

[3] « *Je* ne veux pas que *cela* te fasse murmurer. »

[4] La finale *ya* dans un verbe simple est un archaïsme.

35, 64 : *etad âkhyâtum icchâmi bhavadbhiḥ.*

glose : *âkhyâtum ity asamânakartṛke 'pi tumunn ârṣaḥ*[1].

E. S. : non signalé.

35, 80, *f* : *uddharan.*

glose : *uddhṛtavân avadhîd ity arthaḥ; bhûte 'pi latah çat ârṣaḥ.*

L'emploi du présent pour le passé est irrégulier.

E. S., 81, *d* : *uddharat.*

La glose explique *uddharat* par *avadhît,* sans même signaler l'absence d'augment, *uddharat* étant ici pour *udaharat.*

38, 42 : *pratisamîhitum.*

glose : «*pratisamâdhitum*» *iti pâṭhântaram; tatrârṣatvaṃ caraṇam.* Césure irrégulière[2].

E. S., 44 : *pratisamâdhitum,* sans observation.

47, 35 : *gṛhya iva.*

glose : *asaṃdhilyapâv ârṣau; gṛhîtvety arthaḥ.*

Double archaïsme. Il fallait : *gṛhîtveva.*

E. S. : non signalé.

58, 153, *d* : *hânantaḥ,* pour *ghnantaḥ.*

glose : *ârṣam etat.*

E. S., 151, *b* : *nighnantaḥ.*

VI, 4, 69, *c* : *pramokṣayiṣavaḥ.*

glose : *mokṣaçabdât* «*tat karoti*» *iti, ṇau sany ârṣe 'bhyâsalope upratyaye ca rûpam; pramocayitum icchâvanta ity arthaḥ*[3].

Il faudrait : *pramumocayiṣavaḥ.*

E. S., 71, *c* : non signalé.

34, 13 : *gṛhya.* Pour *gṛhîtvâ.*

la glose ne signale ni ne corrige l'irrégularité.

E. S. : sans indication.

[1] «*Je* désire que *vous* racontiez cela.»

[2] Dans le çloka, tout pâda pair, le 2e et le 4e par conséquent, doit se terminer par deux ïambes.

[3] Le désidératif causal sans redoublement est irrégulier.

55, 13, *a* : *acintyety ârṣam*, sans autre observation ; pour : *acintayitvâ*.

E. S., 12, *c* : non signalé.

58, 51 : *acintya*.

glose : *acintayitvâ*, sans indication d'archaïsme.

E. S. : non signalé.

65, 30 : *âbadhyamânaḥ*.

glose : *âbaghnan, ârṣo vikaraṇavyatyayaḥ*. Le part. passif pour l'actif est un archaïsme.

E. S. : non signalé.

71, 46 : *smayitvâ*.

glose : *smayitvânâdṛtya «ṣmiṅ anâdare» iḍârṣaḥ* (1).

E. S. : non signalé.

73, 10 : glose : *saṃharṣamâṇâ ity ârṣam; hṛṣyamâṇâ ity arthaḥ*.

E. S. : non signalé.

80, 1 : glose : *kaṭakaṭâyyety ârṣo lyap*, pour : *kaṭakaṭâyitvâ*.

E. S. : *dantân kaṭakaṭâpayan*.

90, 4 : glose : *stunvâna ity ârṣam; stuvann ity arthaḥ*.

E. S., 91, 4 : texte : *stuvâna*, sans glose.

123, 32 : glose : *gṛhya gṛhîtvâ*, sans indication d'*ârṣa*.

E. S. 126 : non signalé.

VII, 4, 12 : *bhuṅkṣitâbhuṅkṣitaiḥ*.

glose : *bubhukṣitâbubhukṣitair asya sthâne bhuṅkṣitâbhuṅkṣitair ârṣam abhyâsalopânusvârâbhyâm* (2).

E. S. : *bhuṅkṣitâbhuṅkṣitaiḥ*.

glose : *bubhukṣitâbubhukṣitaiḥ*, sans mention d'*ârṣa*.

5, 14, *e* : *prabhaviṣṇvaḥ*.

glose : *yaṇ ârṣaḥ*, sans correction.

E. S., 15, *a* : *prabhaviṣṇvaḥ*.

glose : *prabhaviṣṇavaḥ*, sans indication d'*ârṣa*.

(1) Böhtlingk remarque l'emploi du causal, pour exprimer, comme ici, un sourire méprisant et dédaigneux. La glose l'indique, en donnant comme archaïque, dans ce cas, le gérondif *smitvâ*.

(2) La suppression du redoublement et l'anusvâra constituent un double archaïsme.

5, 45 : *praçamaṃkarâḥ.*
glose : *ity ârṣaḥ khac;* pour : *prâçamayan.*
E. S., 46 : non signalé.

8, 19 : *dṛçya dṛṣṭvâ,* non signalé comme *ârṣa.*
E. S. : ni corrigé, ni signalé.

20, 21 : *sudurgamyaḥ.*
glose : *sudurgamah; yadârṣaḥ.*
Le *y* est archaïque.
E. S. : non signalé.

36, 44 : *dhârayan aprameya iti nuḍabhâva ârṣaḥ.*
Il faut : *dhârayann aprameya.*
E. S., 46 : *dhârayan aprameya iti cchedaḥ;* sans autre observation.

47, 4 : *vacanîkṛtaḥ,* pour : *vacanîyakṛtaḥ.*
glose : *yalopa ârṣaḥ; vacanîyo nindyaḥ kṛtaḥ.*
E. S. : non signalé.

MÉTRIQUE.

I. Longues anormales.

I, 18, 50, *d* : *anûdake ity ârṣaṃ dîrghatvam.*
il faut : *anudake.*
E. S., 51, *b* : non signalé.

21, 17 : *durâkrâmân.*
glose : *dîrgha ârṣaḥ; durâkramân amoghân.*
E. S. : non signalé.

32, 21 : *avamanya.*
glose : « *nâvamanya* » *iti pâṭhas tu kvâcit ko 'papâṭhaḥ; tathâ pâṭhena iti cchedaḥ; chândasaṃ dîrghatvam. No 'smâkaṃ sa kâlo mâ bhûd ity anvayaḥ; kvacit tu* « *no 'vamanyasva* » *iti pâṭhaḥ; ata eva :* « *mâ bhût sa kâlo yadvâ no pitaraṃ satyavâdinam kâmataḥ samatikramya varayema svayaṃ varam.* » *Ity etadarthavivaraṇaçloko dṛçyate kvacit* [1] ».

[1] Le glossateur donne la variante *nâvamanya* pour fautive, tandis qu'il admet comme légitime cette autre leçon *no 'vamanyasva* qui respecte du moins

E. S., 20 : *nâvamanyasva.* Pas de glose.

42, 1 : *prakṛtijanâḥ;* il faut : *prakṛtijanâḥ.*
glose : *amatyavargâḥ, dîrghaç chândasaḥ.*
E. S. signale le védisme sans le corriger non plus.

57, 16 : *mahâtmânaḥ* (à l'accusatif pluriel).
glose : *mahâtmana iti dvitîyârthe, mahâtmâna ity ârṣam.*
E. S. : non signalé.

72, 12 : *catasṝṇâm iti dîrghatvam ârṣam* [1].
E. S. : *catasṝṇâm.*
glose : *chandasy ubhayatheti pakṣe dîrghaḥ.*

II, 7, 26 : *kâlye.*
glose : *kâlye 'nyatropasaṃkramaṇakâlârhe; «kaulye» iti pâṭhaḥ kulakramâgata ity arthe ârṣaḥ* [2].
E. S. : *kâlye.*

32, 21, *c* : *mekhalînâm,* pour : *mekhalinâm.*
glose : *dîrgha ârṣaḥ.*
E. S., *a* : *mekhalînâm.*
glose : *ârṣo dîrghaḥ.*

63, 26, *d* : *udâhâra ity atra dîrgha ârṣaḥ.*
Il faut : *udahâraḥ.*
E. S., *b* : non signalé.

78, 7 : *rajjubhir iva Vânarî.*
glose : *Vânarî kurûpatvât; atra gurulaghuprayuktaç chandobhañga ârṣaḥ* [3].
E. S. : *rajjubaddheva Vânarî.* Sans glose.

les lois du saṃdhi ou de la césure, mais alors le sens est modifié. Cette leçon, adoptée par l'édition du Sud, ne paraît pas acceptable, car elle forme une sorte d'incise ou de parenthèse qui n'est guère admissible.

(1) D'après Whitney, n° 482, d, ce féminin pluriel serait plus régulier que la forme habituelle *catasṛṇâm.*

(2) Une fois de plus, le glossateur, ou mieux ici, l'éditeur rétablit ce qu'il considère comme le vrai texte, la variante lui paraissant fautive.

(3) Après avoir dit que la bossue Mantharâ est qualifiée de guenon pour sa laideur, Râma, le glossateur, observe que la césure formée de longues et de brèves est ici archaïque, et il ajoute : *pâṭhântare caḥ pâdapûraṇe.* L'édition du Sud évite les quatre brèves de suite.

Sur l'expression *gurulaghu,* voir *infra,* VII, 35, 65.

III, 42, 22 : *viṭapinâm iti dîrgha ârsaç chando 'nurodhât.*
il faut : *viṭapinâm*[1].
E. S. : non signalé.

50, 22 : *vedaçrutiṃ iva.*
glose : *vedaçrutim; chândaso dîrghah*[2].
E. S., 21 : non signalé.

64, 23 : *tasyâgamaḥ.*
glose : *tasyâ âgama ity arthaḥ; ârṣo dîrghaḥ*[3].
E. S. : *syâd âgamaḥ.*

73, 12, *a* : *saṃjâtavâlûkâm iti dîrgha ârṣah,* pour : *°vâlukâm.*
E. S., 11, *c* : non signalé[4].

IV, 6, 5 : *devaçrutîm iva,* pour : *devaçrutim.*
glose : *dîrgha ârṣaḥ.*
E. S. : *vedaçrutim iva.*
glose : *vedagirim iva,* sans mention d'*ârṣa*[5].

25, 23, *a* : *citrapattîbhiç citrapadâtibhiḥ; dîrgha ârṣaḥ.*
E. S., *c* : *citrapattibhiḥ.*
glose : *citralekhâbhiḥ,* sans mention d'*ârṣa.*

30, 39, *b* : *kareṇûriti; dîrghatvam ârṣam,* pour : *kareṇuḥ.*
E. S., 40, *b* : *kareṇvaḥ.*

V, 3, 6 : *yathâ câpy amarâvatîm.*
glose : *caṇḍamârutânâṃ parivahâdînâṃ çabdo yasyâṃ tâdṛçîm amarâvatîm iva sthitâm; atrâmarâḥ santy asyâm ity amarâvatî dyauḥ. Asaṃjñâyâm api «matau bahvacaḥ» ity ârṣo dîrghaḥ. Na*

[1] Longue archaïque pour le besoin du vers. Il fallait éviter trois brèves de suite (tribraque).

[2] Ici encore il semble bien que la voyelle ait été allongée pour le besoin du vers que doit terminer un double ïambe.

[3] J'ai signalé, à l'article «Saṃdhis irréguliers», cette singulière distraction de la glose. Cf. p. 8.

[4] L'édition du Sud ne relève pas l'anomalie de ce terme qu'elle explique de cette manière : *apañkatayâ saṃhatasikatâm :* comme il n'y avait pas de vase, le sable s'était accumulé.

[5] Cf. *supra,* note 1.

tv ihendrapury Amarâvatî; uktalakṣaṇâbhâvât; Laṅkâyâ uktadyusâdṛçyam ca sâlaṃkâra-Râkṣasavattvâd balavaddhoṣabâhulyâc ceti Katakah[1].

E. S. : *yathendrasyâmarâvatîm.*

15, 33, *a* : *smṛtîmiveti dîrgha ârṣaḥ*, pour : *smṛtim.*

E. S., 32, *c* : non signalé.

36, 21 : *anûcita iti cchândaso dîrghaḥ*, pour : *anucitaḥ.*

E. S. : *anûcitaḥ; dîrghaç chândasaḥ.*

58, 34 : *sâdhu sâdhv iti*, il faut : *sâdhu sâdhv iti.*

glose : *atra dîrgha ârṣaḥ.*

E. S., 33, donne le même texte avec la glose identique: *dîrghaç chândasaḥ.*

VI, 71, 14 : *rathacaktibhir iti dîrgha ârṣaḥ; rathâsthâbhiḥ çaktibhir ity ârthaḥ.*

E. S. : non signalé.

74, 73 : *oṣadhîçailam iti dîrgha ârṣaḥ*, pour : *oṣadhiçailam.*

E. S., 77 : non signalé.

80, 31 : *vicakartatur ity ârṣo guṇaḥ;* il faut : *vicakṛntatuḥ.*

E. S. : *vicakartatuḥ*, sans mention d'*ârṣa.*

86, 21 : *çaktihastâç ca çaktibhih.*

glose : *çaktîbhir ity atra dîrgha ârṣaḥ.*

E. S. : *çaktibhiḥ çaktihastâç ca.*

107, 51 : *anûpamam iti dîrgha ârṣaḥ*, pour : *anupamam.*

E. S., 110. 23 : non signalé[2].

VII, 7, 49 : *açanîbhir iti dîrgha ârṣaḥ*, pour : *açanibhiḥ.*

E. S. : non signalé.

(1) Il ressort de cette glose de Kataka qu'il ne s'agit point de comparer ici Laṅkâ à la ville d'Indra, Amarâvatî, en dépit de l'édition du Sud, mais au séjour des dieux en général, au ciel; et que, dans ce cas, la règle *matau bahvacaḥ* (Pâṇ., 6, 3, 119), à cause de cette indétermination même, n'a pas son application : d'où l'archaïsme. Par contre, on verra ailleurs (Râmâyaṇa, VII, 33, 4) le glossateur relever une brève irrégulière dans l'expression : *Amaravatîsaṃkâçâm*, car il s'agit bien alors de la ville d'Indra, Amaravatî, qui est nommée dans le même çloka. L'observation de Kataka est discutable.

(2) Ce çloka, dans l'édition du Sud, n'a que deux pâdas.

26, 17 : *ṣadartukusumodbhavaiḥ*, pour : *ṣaḍṛtu°*.
glose : *guṇa ârṣaḥ*.
E. S. : même texte.
glose : *ṛkârasya gunaç chândasaḥ* [1].
31, 41, *c* : *tadgatîvaçam ity ârṣo dîrghaḥ*. Pour : *°gati°*.
E. S., *a* : même texte avec la glose : *chândaso dîrghaḥ*.
32, 65 : *sadhv îti*.
glose : *dîrgha ârṣaḥ*.
E. S. : même texte, même glose.
35, 65 : *Gandharvarṣiyakṣeti gurulaghubheda ârṣaḥ*.
E. S. : *Gandharvarṣiyakṣarâkṣasaiḥ* [2].
36, 8 : *vakṣyâmi çrûyatâm iti guruvaisamyam ârṣam* [3].
E. S. : non signalé.
36, 46, *c* : *pravîvivikṣor iva sâgarasya*, pour : *pravivivikṣor iva*.
glose : *pravî iti dîrgha ârṣaḥ*.
E. S., 49, *a* : non signalé.
87, 21, *a* : *strîbhûto 'sau na jagrâha*.
glose : « *na ca jagrâha strîbhûtaḥ* » *iti pâṭhe guruvaisamyam ârṣam* [4].
E. S., 20, *c* : *na ca jagrâha strîbhûtaḥ*, sans mention d'*ârṣa*.
98, 1 : *sâdhu sâdhv îti*, pour : *sâdhu sâdhv iti*.
glose : *dîrgha ârṣaḥ* [5].
E. S. : non signalé.
107, 11 : *prakṛtîjanam ity atra dîrgha ârṣaḥ*. Lire : *prakṛtijanam*.
E. S. : non signalé.

(1) L'édition du Sud emploie de préférence le terme *chândasaḥ*, et l'autre *ârṣaḥ*; j'aurais pu en faire plus tôt la remarque.

(2) Le texte de l'édition du Sud présente la demi-voyelle *r* au lieu de *ṛ*, et par là même indique l'archaïsme de l'autre leçon.

(3) Ces longues qui se suivent ainsi forment une dissonance archaïque. Cf. *infra ; mi* est long par position.

(4) Ici encore le glossateur corrige le texte, ce qui d'ailleurs lui arrive bien rarement. L'édition du Sud maintient la leçon condamnée; *ha* long par position.

(5) Cette persistance à toujours écrire ainsi avec un *î* long semble dénoter une intention formelle. Cf. *supra*, V, 58, 34; VII, 32, 65.

II. Brèves anormales.

I, 2, 14 : *karuṇaveditvât saṃjâta karuṇatvât; hrasvaç chândasaḥ* [1].

E. S. : non signalé.

16, 9 : *putriyâm iti hrasvaç chândasaḥ;* pour : *putrîyâm.*

E. S. : non signalé.

18, 28, *d* : *Lakṣmivardhana iti hrasva ârṣaḥ;* pour : *Lakṣmîvardhana.*

E. S. 29, *b* : non signalé [2].

36, 27 : *prabhavam iti cchândaso hrasvaḥ. . . prabhâvam ity arthaḥ* [3].

E. S. : non signalé.

37, 6 : *patniṣv iti hrasvatvaṃ chândasam;* il faut : *patnîṣu.*

E. S. : non signalé [4].

61, 3 : *mahâtmana iti mahâtmâna* (vocatif) *ity arthakam ṛṣisambodhanam adîrghatvam ârṣam.*

E. S. : non signalé.

II, 8, 26 : *sapatnivṛddhâv ity ârṣo hrasvaḥ,* pour : *sapatnîvṛddhau.*

E. S. : non signalé.

48, 12 : *bahumañjaridhâriṇaḥ,* il faut : *°mañjarî°.*
glose : *bahvîr mañjarîḥ. . . chândaso hrasvaḥ.*

E. S. : non signalé.

50, 50 : *anvajâgrad ity ârṣam; ajâgarîd ity arthaḥ.*

E. S. : non signalé.

53, 3 : *atandribhyâm.*
glose : *na vidyate tandrî yayos tâbhyâm; iḍabhâvo*

(1) D'après le glossateur il faut écrire *kâruṇa°*, comme on a au çloka précédent *kâruṇyam.* Voir Böhtlingk, art. *kâruṇyam.*

(2) Il semble bien ici que cette brève anormale soit due à l'exigence du mètre. Voir *infra*, II, 91, 16.

(3) Il s'agit, en effet, non de l'origine (*prabhava*) de la Gaṅgâ, mais de sa puissance (*prabhâva*).

(4) Ici encore, le mètre exige une brève.

hrasvatvaṃ cârṣam; kvacit tu «atandrâbhyâm» ity eva pâṭhaḥ[1].

E. S. : non signalé.

91, 16 : *Hahâ.*

glose : *Hâhâḥ* (*sic*), *chândovaçâd hrasvapâṭhaḥ*[2].

E. S. : non signalé.

III, 18, 2 : *sasapatnatâ.*

glose : *saçatrutâ; patyur bhâryântaram hi bhâryântarasya çatrubhûtaṃ bhavati; sapatnîsâhityam iti vârthaḥ; aguṇavacanatve 'py ârṣaḥ puṃvadbhâvaḥ*[3]...

E. S. : non signalé.

23, 27, *d* : *puṇyakarmaṇaḥ.*

glose : *puṇyakarmâṇa ity arthe ârṣam.*

E. S., *b* : non signalé.

24, 20 : *puṇyakarmaṇaḥ.*

glose : *puṇyakarmâṇaḥ; adîrghatvam ârṣam.*

E. S. : non signalé.

29, 19 : *aprastave.*

glose : *aprastâve, ghañabhâva ârṣaḥ*[4].

E. S. : *aprastave.*

glose : *anavasare,* sans mention d'archaïsme.

39, 12 : *saṃnataparvaṇaḥ.*

glose : *adîrghatvam ârṣam.*

E. S., 11 : *saṃnataparvaṇaḥ.*

glose : *saṃnataparvâṇaḥ*[5].

IV, 28, 23 : *balâkapaṅktiḥ,* pour : *balâkâpaṅktiḥ.*

glose : *ârṣo hrasvaḥ.*

E. S. : non signalé.

[1] Le sens de la glose m'échappe, *atandribhyâm* me paraissant correct. Böhtlingk (art. *atandrin*) cite ce passage sans relever l'archaïsme.

[2] «C'est le besoin du vers qui demande cette brève.»

[3] *Sapatnatâ* que la glose traduit par *saçatrutâ* exprime, en effet, une rivalité, une hostilité quelconque, tandis que, pour signifier une rivalité entre femmes du même mari, on se sert généralement des expressions *sapatnîtva* ou *sâpatnaka.*

[4] Cette expression se retrouve VI, 29, 8, sans mention d'archaïsme.

[5] La glose de Bombay signale l'archaïsme sans le corriger, et celle du Sud le corrige sans le signaler.

44, 16 : *hariṇâm*, pour : *harîṇâm*.
glose : *dîrghâbhâva ârṣaḥ*.
E. S. : même texte et même glose.

V, 3, 12 : *Vasvokasârapratimâm*.
glose : *Vasvokasârâlakâ tat sadṛçîm; hrasva ârṣaḥ*.
E. S. : *Vasvokasârâpratimâm* [1].
8, 5 : *maharddhinâm*, pour : *maharddhînâm*.
dîrghâbhâvaç chândasaḥ.
E. S : non signalé.
14, 17 : *vinirdhutâḥ*.
glose : *vinirdhutâ iti hrasva ârṣa iti Katakas; tad vṛthâ; hrasvasyâpi dhuñaḥ sattvât* [2].
E. S. donne comme texte : *sarve Mâruteneva nirdhutâḥ*; au lieu de : *sarve Mârutena vinirdhutâḥ*. Aucune observation d'ailleurs.
14, 28 : *jagati parvatam*.
glose : *jagati loke...; Tîrthas tu : jagatîparvatam ity arthaḥ; hrasva ârṣaḥ; mṛtparvatam iti yâvad iti vyâcakṣâna upekṣya eva* [3].
E. S. : même texte, sans glose.
14, 33 : *muktâsikataçobhitâm*.
glose : *sikataçobhitâm ity atra hrasva ârṣaḥ*; il faut : °*sikatâ*°.
E. S. : non signalé.
30, 44 : *jagatipater iti hrasva ârṣaḥ*.
il faut : *jagatîpateḥ*.
E. S. : non signalé.
31, 3 : *Lakṣmivardhana iti hrasva ârṣaḥ*; pour : *Lakṣmîvardhanaḥ*.

(1) L'édition du Sud attribue cette ville à Indra : *Çakrapurî*, tandis que d'après Böhtlingk, qui cite ses références, elle appartiendrait à Kubera.

(2) Râma observe que son confrère en glose, Kataka, qu'il cite souvent d'ailleurs, se trompe ici en signalant l'*u* bref de *dhu*, comme un archaïsme, attendu que, suivant lui, cette forme est aussi régulière que la forme *dhû*. Celle-ci est toutefois plus fréquente.

(3) D'après Tîrtha, autre glossateur dont Râma cite ici la leçon, il faut joindre ces deux mots par le saṃdhi. L'*i* bref deviendrait alors une incorrection et il faudrait écrire, comme il le fait : *jagatîparvatam* : «une montagne de terre», et non plus : «une montagne de la terre». Observation contestable. Voir ci-après.

E. S., 4 : non signalé.
32, 7 : *yathoktakâram*, pour : *yathoktâkâram*.
glose : *chândaso hrasvaḥ*.
E. S. : non signalé.
47, 21 : *samutsahenâçu*.
glose : *samutsâhena*, *hrasva ârṣaḥ*.
E. S. : *samutpapâtâçu*.

VI, 17, 27 : *kṣamavatâm*.
glose : *kṣamâvatâm; hrasva ârṣaḥ*.
E. S., 24 : non signalé.
41, 10 : *Lakṣmisampannam iti hrasva ârṣaḥ*, pour : *Lakṣmî°*.
E. S. : non signalé.
41, 96 : *akṣauhiṇiçatam ârṣo hrasvaḥ*, pour : *akṣauhiṇîçatam*.
E. S., 95 : non signalé.
52, 24 : *tantrimadhuram iti hrasva ârṣaḥ*.
lire : *tantrî°*.
E. S. . non signalé.
61, 26 : *jâgraṇe*.
glose : *jâgaraṇe : guṇâbhâva ârṣaḥ*.
E. S., 27 : *jâgare*.
75, 14, *b* : *gṛhagṛdhnunâm*, pour : *gṛhagṛdhnûnâm*.
glose : *gṛhastânâm; dîrghâbhâva ârṣaḥ*.
E. S., 13, *d* : *gṛhagardhinâm*.
80, 5 : *juhava*.
glose : *juhâva; vṛddhy abhâva ârṣaḥ*.
E. S. : non signalé.
82, 24 : *juhava*.
glose : *juhâva*, sans autre indication.
E. S., 26 : non signalé.
84, 3 : *dadṛçe*.
glose : *dadarça;* sans observation.
E. S. : *dadṛçe*. Sans glose.
126, 43, *b* : *jñâtinâm ity atra dîrghâbhâva ârṣaḥ*, pour : *jñâtînâm*.
E. S., 129, 43, *b* : non signalé.

VII, 19, 17 : *vanâpagaçatam*, pour : *vanâpagâçatam*.
glose : *vanam jalam tatpûrṇanadîçatam; ârṣo hrasvaḥ*.

E. S. : même texte.
glose : *vanápagánám araṇyanadínáṃ çatam.* Sans autre observation.

23, 23 : *svadhabhojinám ity árṣo hrasvaḥ; svadhábhojinám.*
E. S. : non signalé.

33, 4 : *Amaravatisaṃkáçám.*
glose : *árṣo hrasvaḥ;* pour : *Amaravatísaṃkáçám.*
E. S. : non signalé.

PÂDAS HYPERMÉTRIQUES.

III, 11, 72 : *abhivádaye tvá, Bhagavan.*
glose : *abhivádaye tveti páde navákṣratvam árṣam* Un pâda de neuf syllabes est archaïque.
E. S., 74 : *abhivádaye tváṃ, Bhagavan,* sans indication d'archaïsme.

V, 4, 20, *c* et *d* : *dhvajinaḥ patákinaç caiva dadarça vividháyudhán.*
glose : *chandobhaṅga árṣaḥ*[1].
E. S., 19, *e* et *f* : *dhvajin patákinaç caiva,* etc.

VI, 86, 14 : *sa karmaṇy ananuṣṭhite.*
glose : «*sa svakarmaṇi*» *iti páṭhe 'kṣarádhikyam árṣam*[2].
E. S. : *tat karmaṇy ananuṣṭhite.*

105, 10 : *hiraṇyaretá divákaraḥ.*
glose : *akṣarádhikyam árṣam.*
E. S., 107, 10 : non signalé.

VII, 5, 26, *c* : *Amarávatíṃ samásadya.*
glose : *navákṣarapádárṣí*[3].
E. S., 27, *a* : non signalé.

[1] Non seulement la coupe (*bhaṅga*) du vers est défectueuse, puisqu'elle tombe sur *cai* de *caiva*, mais ce pâda a une syllabe de trop. L'édition du Sud évite cette double faute en écrivant *dhvajín* sur un thème *dhvaji*, plus ou moins régulier.

[2] L'irrégularité ne se trouve que dans la variante qui compte une syllabe de trop, *sva*.

[3] Ce pâda a une syllabe de trop, *neuf* au lieu de huit.

21, 14, *a* : *saṃtāryamāṇān Vaitaranīm.*
glose : *akṣarādhikyam ārṣam.*
E. S., *c* : non signalé.
111, 11 : *kṛtavān Pracetasaḥ putraḥ.*
glose : *akṣarādhikyam ārṣatvāt.*
E. S., 10 : non signalé [1].

GENRES ET NOMBRES IRRÉGULIERS.

I. Genres.

I. 2, 6 : *valkalam.*
glose : «*valkalā*» *iti pāṭhe chāndasaṃ strītvam.* «*Valkalam astriyām*» *iti Nighaṇṭuḥ* [2].
E. S. : *valkalam*, sans glose.
2, 9 : *mithunaṃ carantam anapāyinam.*
glose : *carantam anapāyinam ity ārṣaṃ;* pour : *carad anapāyin* [3].
E. S. : non signalé.
10, 15 : *āçramapadaḥ;* pour : °*padam.*
glose : *ārṣaṃ puṃstvam.*
E. S. : sans indication d'*ārṣa.*
45, 19 : *vamanta iti puṃstvam ārṣam;* pour : *vamanti* (*çirāṃsi*).
E. S., 1 : *vamanti* [4].
71, 24 : *Phalgunyām uttare;* pour : *uttarāyām.*
glose : *uttare iti puṃstvam ārṣam.*
E. S. : non signalé.

[1] L'édition Sud compte 25 çlokas dans ce sarga, le dernier de l'Uttarakânda, tandis que l'autre n'en a que onze.

[2] Ici encore Râma corrige le texte, en s'autorisant cette fois du glossaire védique Nighaṇṭu.

[3] Le terme *mithuna* est aussi du masculin, ce que la glose semble oublier.

[4] Tandis que l'édition de Bombay donne à ce sarga 45 çlokas, une fois comptés, l'édition du Sud recommence le numérotage après le dix-huitième çloka, et poursuit jusqu'au trente-deuxième inclusivement. Le passage signalé ici se rencontre au premier çloka de la seconde série.

II, 94, 18 : [*Sîtâ*] *paçyanti vividhân bhavân manovâkkâyasaṃmatân.*

glose : *manovâkkâyasaṃmatâṇs tatpriyân varṇane vâkpriyatâ; bhâvâḥ padârthâḥ. «Saṃyatân» iti pâṭhe samyaṅniyamitakaraṇatrayety arthaḥ. «Saṃyatâḥ» iti bahuvacanântapâṭhe bhâvân ity asya viçeṣaṇam; liṅgavyatyaya ârsa iti Tîrthaḥ. Tatra na kaṃcid yuktam arthaṃ paçyâmaḥ* (1).

E. S. : ....*saṃyatân*, sans glose.

100, 59 : [*prajânâṃ*] *yâni... patanti açrûṇi.*

glose : ... «*pâdanyâsâni*», *iti pâṭhântaram, tadâ jâyante : iti çeṣaḥ; ârṣaṃ napuṃsakatvam* (2).

E. S., 60 : *yâni... patanty asrâṇi.*

III, 23, 15, *b* : *vâçyanto babhûvus tatra sârikâḥ.*

glose : *ârṣam* (3).

E. S., 14, *c* : *vâçyantyaḥ.*

55, 11 : *bhûmibhâgânity ârṣaṃ klibatvam;* il faut : °*bhâgân*, à l'accusatif pluriel masculin.

E. S. : non signalé.

66, 11 : *sarvabhûtâni dehinaḥ.*

glose : *sarvabhûtâni dehavanti..... puṃstvam ârṣam.*

E. S. ne relève pas l'anomalie, tout en glosant abondamment le çloka.

IV, 2, 7 : *anyac chikaram.*

glose : «*anyaṃ çikharam*» *iti pâṭhe puṃstvam ârṣam* (4).

E. S. : *anyac chikaram* : sans observation.

(1) Le glossateur corrige en *sammatân* le *samyatâḥ* du texte. Outre le changement anormal de genre que relève Tîrtha, Râma ne juge pas exact le sens de cette expression.

(2) La variante est anormale, parce qu'elle met au neutre un substantif masculin.

(3) Cet archaïsme consiste dans l'adjonction d'un adjectif masculin à un substantif féminin.

(4) Ici encore nous sommes en présence d'une correction de texte.

V, 10, 29 : *vidyudgaṇair iva.*
glose : «*vidyullatair iva*» *iti pâṭhe puṃstvam ârṣam* [1].
E. S. : *vidyudgaṇair iva.*

15, 47 : *anûnaṃ tadvarṇam.*
glose : *klîbatvam ârṣam.*
E. S. : *nûnaṃ tadvarṇam.*
glose : *itarat, utsṛṣṭaṃ, taduttarîyaṃ yathâ yâdṛçavarṇayuktaṃ yathâ çrîmat; idam idânîṃ dhâryamâṇaṃ tadvarṇam tathâ çrîmat, nûnaṃ iti yojanâ* [2].

28, 5 : *doṣam iti klîbatvam ârṣam.*
E. S. : *doṣam.*
glose : *doṣaḥ, ârṣaṃ na puṃsakam.*

38, 3 : *strîtvân na tvaṃ samarthâsi.*
glose : .... «*strî tvaṃ na tu samarthaṃ hi*» *iti pâṭhe tvaṃ strî na tu samartham; na samarthety arthaḥ; liṅgavyatyaya ârṣa iti Tîrthaḥ; strîṇâṃ bhîrusvabhâvatvâd iti bhâvaḥ* [3].
E. S. : *strî tvaṃ na tu samarthaṃ hi sâgaraṃ vyativartitum.*
Sans glose.

46, 15, *a* : *prayatnam ity ârṣaṃ klîbatvam;* pour : *prayatnaḥ.*
E. S., 12, *c* : non signalé.

VI, 4, 51 : *mûlaḥ.*
glose : *mûlam iti yâvat; ârṣaṃ puṃstvam.*
E. S., 52 : non signalé.

(1) Autre correction de texte. *Latâ* est du féminin.

(2) L'édition de Bombay prend *varṇa* substantivement : «la couleur de ce vêtement usé reste intacte, *anûnam*»; de là l'incorrection qu'elle souligne. L'édition du Sud le prend adjectivement et le rapporte au substantif neutre *vasanam*; dès lors l'anomalie disparaît. On remarquera aussi qu'elle écrit *nûnam* au lieu d'*anûnam*, ce qui modifie le sens.

Voir *infra*, VI, 107, 51.

(3) L'anomalie, signalée par Tîrtha et relevée par notre Râma qui en a pris occasion de modifier le texte, n'est peut-être qu'apparente. On pourrait traduire, en effet, en s'autorisant de la glose : «Tu es femme, et cela, vu ta timidité naturelle, est un obstacle pour traverser l'Océan.» L'édition du Sud a d'ailleurs maintenu la leçon primitive.

8, 13 : *kâmarûpadharâḥ çûraḥ subhîmâ bhîmadarçanâḥ Râkṣasânâm sahasrâṇi.*
glose : *kâmarûpetyâdiṣu puṃstvam ârṣam.*

E. S. : *. . . Râkṣasâ vai sahasrâṇi* (1).

10, 16 : *sarîsṛpâṇi;* pour *sarîsṛpâḥ.*
glose : *sarpâḥ; liṅgavyatyaya ârṣaḥ.*

E. S. : non signalé.

22, 75 : *sahasrâṇi Vânarâṇâṃ. . . badhnantaḥ.*
glose : *badhnanta iti liṅgavyatyaya ârṣaḥ* (2).

E. S., 79 : même texte, sans glose.

39, 23 : *caityaḥ;* plus habituellement : *caityam.*
glose : *puṃstvam ârṣam.*

E. S., 24 : non signalé.

42, 16 : *parikhân iti puṃstvam ârṣam.*

E. S. : *parikhâḥ* au féminin plur. accus.

67, 47 : *çûlam. . . tad âpatantam. . . mokṣayâmâsa.*
glose : *tadâ* (sic) *patantam; puṃstvam ârṣam;* pour : *patat* (3).

E. S., 48 : *tam âpatantam,* sans observation.

81, 24 : *âpatantam. . . tad anîkam.*
glose : *âpatantam iti; liṅgavyatyaya ârṣaḥ. Anîka* est du neutre.

E. S., 26 : non signalé.

94, 25 : *apaçyanto 'paçyantyaḥ;* sans mention d'*ârṣa.*

E. S., 95, 27 : non signalé.

99, 29, *b* et *c* : *çaravṛṣṭibhiḥ mahâvegaiḥ.*
glose : *ârṣaṃ puṃstvam; çaravṛṣṭiviçeṣaṇatvât* (4).

E. S., 100, 29, *b,* et 30, *a* : même texte, sans glose.

99, 40 : *bâṇarûpâṇi pañcaçîrṣâ ivoragâḥ.*
glose : *praçaṃsâyâṃ rûpam; praçastâ bâṇâḥ; ârṣo*

(1) L'édition de Bombay fait accorder ces adjectifs avec le masculin *Râkṣasânâm* auquel ils se rapportent logiquement, et le glossateur avec le neutre *sahasrâṇi* auquel ils se rapportent grammaticalement. L'édition du Sud, en considérant *sahasrâṇi* comme une simple apposition, satisfait à cette double exigence.

(2) Même observation.

(3) Râma oublie que *çûla* est à la fois du genre masculin et du genre neutre. Plus bas l'édition de Bombay écrit *tac chûlam. . . tam âpatantam,* çlokas 50, 51, avec d'ailleurs l'édition du Sud, 51, 52.

(4) Ici encore le qualificatif s'accorde avec son substantif logique *çara.* Râma continue de se placer à un point de vue exclusivement grammatical.

lingavyatyayaḥ. Il faut : *bâṇarûpâḥ*, adjectif s'accordant avec *uragâh* : «on eût dit des serpents... ayant forme de flèches».

E. S., 100, 39 : même texte, sans indication d'*ârṣa* [1].

107, 51, *c* et *d* : *sâgaraṃ çâmbaraprakhyam ambaraṃ sâgaropamam;* il faut : *sâgaraḥ*.

glose : ...*sâgaraçabde lingavyatyaya ârṣaḥ, ardharcâdir vâ saḥ. «Gaganaṃ gaganâkâraṃ sâgaraḥ sâgaropamaḥ.» iti pâṭhe 'rdhadvaye'py ananvaya eveti bodhyam...* [2].

E.S., 110, 24, *a* et *b* : *gaganaṃ gaganâkâraṃ sâgaraḥ sâgaropamaḥ*. Sans glose.

VII, 70, 11 : *vîthikaiḥ*, pour : *vîthikâbhiḥ*.

glose : *vîthikasyâstrîtvam ârṣam*.

E. S. : non signalé.

II. Nombres.

I, 4, 2 : *caturviṃçat sahasrâṇi*.

glose : *caturviṃçad iti, caturviṃçatir ity arthakaç chândasaḥ... prakṣipto 'yam çloko na tv ârṣa ity âhuḥ* [3].

E. S. : non signalé.

25, 22 : *etaiç cânyaiç ca*.

glose : *etair etâdrçaiḥ; yadvâ ârṣaṃ bahutvam, etâbhyâm* [4].

E. S. : non signalé.

(1) L'édition du Sud glose l'expression *bânarûpâṃ*. Elle sous-entend *Râvaṇâstrâṇi*. L'adjectif neutre devient dès lors régulier, mais au prix d'un non-sens.

(2) Râma, comprenant l'ineptie du texte, adopté cependant par l'édition du Sud, lui préfère avec raison la leçon *sâgaram çâmbaraprakhyam* et le reste, en dépit de l'anomalie que d'ailleurs il relève.

(3) Vingt pour vingtaine constitue un archaïsme, ou plutôt une inexactitude, mais, suivant quelques-uns, il n'y a point d'ârṣa. On est en présence d'un çloka interpolé. *Arthaka*, ignoré de Böhtlingk, se retrouve III, 52, 17, glose.

(4) Il ne s'agit, en effet, que d'Indra et de Viṣṇu.

66, 10 : *akalpayatety ekavacanam ârṣam;* il faut : *akalpayanta.*
E. S. : non signalé.

II, 39, 36 : *trayaḥ çataçatârdhâ hi...;* pour : *tisraḥ.*
glose : *tres trayas âdeça ârṣaḥ* (1).
E. S. : non signalé.

III, 47, 11, *b* : *gaṇyate,* pour : *gaṇyante.*
glose : *gaṇyata ity ârṣam ekatvam.*
E. S., 10, *d* : non signalé.
73, 20, *d* : *viṭapi.*
glose : *viṭapinaḥ ârṣam ekatvam.*
E. S., *b* : *viṭapîn,* sans glose (2).

V, 6, 25 : *Vidyujjihvadvijihvânâm iti bahuvacanam ârṣam; tayor ity arthaḥ.* Pour : *Vidyujjihvadvijihvayoḥ.*
«*Viddyujjihvendrajihvânâm*» *iti vâ pâṭhântaram.*
E. S. : *Vidyujjihvendrajihvânâm,* sans mention d'*ârṣa.*
14, 19 : *Lâṅgûlahastair ity atraikatvâbhâva ârṣaḥ,* pour *lâṅgûlahastena* (3).
E. S. : non signalé.

VI, 50, 30 : *pârvatî iti dvivacanam ârṣam;* duel archaïque. Il faut : *pârvatyau.* Féminin dérivé.
E. S. : *pârvatîḥ,* accus. pluriel, sans indication d'*ârṣa.*
53, 17 : *pûrayan.*
glose : *pûrayantaḥ; ârṣam ekavacanam.*
E. S. : non signalé (4).

(1) Le substitut *trayaḥ* du thème *tri,* au lieu de *tisraḥ,* est un archaïsme.

(2) Ce sont les thèmes masculins en *is* et non en *in* qui font leur accusatif pluriel en *în.*

(3) Cf. Pâṇini, 2, 4, 2. Comme il s'agit de la queue et des mains, on pouvait disjoindre ce composé copulatif et écrire (sauf les exigences du mètre) : *lâṅgûlena hastâbhyâṃ ca.* Le mot qui vient immédiatement après est précisément le duel *caraṇâbhyâm.*

(4) L'édition de Bombay écrit ainsi le quatrième pâda de ce çloka : *diçaḥ çabdena pûrayan;* et l'édition du Sud : *pûrayaṃç ca diço daça.*

VII, 102, 1 : *bhrātṛbhir iti bahuvacanaṃ dvitve ārṣam;* pour : *bhrātṛbhyām.*

E. S. : non signalé.

ANOMALIES CASUELLES.

I, 12, 22 : *gatānām iti gateṣu dvijādiṣv ity arthaḥ; saptamyarthe ṣaṣṭhī.* Sans indication d'*ārṣa.*

E. S. : *gateṣu.*

13, 4 : *mahyam iti ṣaṣṭhyarthe,* sans indication d'*ārṣa;* pour : *mama.*

E. S. : non signalé.

18, 56, *c* : *tubhyam iti ṣaṣṭhyarthe caturthī,* sans indication d'*ārṣa;* pour : *tava.*

E. S., 57, *a* : non signalé.

22, 24 : *Daçarathanṛpasūnusattamābhyām.*

glose : *Daçarathetyādi ṣaṣṭhyarthe caturthyaḥ;* sans indication d'*ārṣa.* Il faut : °*sattamayoḥ.*

E. S., 23 : non signalé.

45, 32 : *Apsarā ity ārṣam;* pour : *Apsarasah.*

E. S. : non signalé.

53, 19, *b* : *kiṅkiṇikavibhūṣitān iti ṣaṣṭhyarthe dvitīyā;* pour : °*vibhūṣitānām.*

E. S., *d* : non signalé.

55, 23 : texte : *bhāyād bhītā nānādigbhyaḥ.*

glose : *vyatyayena dvitīyārthe caturthī pañcamī vā* (1); pour : *nānādiçaḥ.*

E. S. : non signalé.

63, 4, *b* : *Apsarā ity ārṣam.*

E. S., 5, *b* : *Apsarāḥ,* nominatif singulier.

70, 36 : *patyā virahitā... devī.*

glose : «*patinā rahitā*» *iti pāṭhe, nābhāva ārṣaḥ.*

E. S., 34 : *patiçokāturā* (2).

(1) Le datif ou l'ablatif dans le sens de l'accusatif. Sur *vyatyaya,* cf. Pāṇini, 3, 1, 85.

(2) Trois variantes du même texte. VII, 49, 17, on lit : *patinā tyaktā* sans glose. L'absence de *n* est archaïque.

73, 23, *a* : *lâjapûrṇaiç ca pâtribhir ity ârṣam;* il faut : *pûrṇâbhiḥ.*

E. S., 21, *c* : non signalé.

76, 14 : *pṛthivyâṃ na vase niçâm.*

glose : *niçâṃ râtriṃ na vase : tañ ârṣaḥ... pṛthivyâṃ râtrau na vasâmîti.*

E. S. : non signalé.

II, 15, 30, *b* : *hṛṣṭavad dhṛṣṭânâṃ janânâm; svarthe vatir ârṣaḥ.* [*vati* est le signe du suffixe (*taddhita*) *vat.*]

E. S., *d* : non signalé.

32, 38 : *daṇḍaḥ papâtokṣâṇasaṃnidhau.*

glose : *ukṣâṇasaṃnidhâv ukṣṇâṃ vṛṣabhâṇâṃ saṃnidhir yatra; ârṣa ânañ.*

E. S. : *papâtokṣaṇasaṃnidhau.* Sans glose [1].

47, 12 : *vipalanti... kṛtavatsâ ivâgryagâḥ.*

glose : *gâva ivety arthaḥ; gâ ity ârṣam.*

E. S. : *vivatsâ iva dhenavaḥ.*

48, 36 : *sutaiḥ; tṛtîyârṣî, sutebhyaḥ.*

E. S. : non signalé.

73, 22 : *râjñâm etat samam.*

glose : «*râjñâm sarvam*» *iti pâṭhe, sarvam ity atra cchândâsî saṣṭhyarthe dvitîyâ; sarveṣâm ity arthaḥ.*

E. S. ne signale pas cette variante.

101, 11 : *patinâ*, pour : *patyâ* [2].

glose : *patinety ârṣam.*

E. S., 104, 11 : non signalé [3].

105, 7 : *tena durjîvam.*

glose : *tasyety arthe tenety ârṣam.*

E. S. : non signalé.

112, 19 : *tubhyam mâtrâ tava mâtrâ; ṣaṣṭhy arthe ârṣî caturthî.*

E. S. : non signalé.

(1) L'édition du Sud est doublement fautive avec l'*a* bref du *kṛt*, ou suffix défectueux *âna*.

(2) Voir *supra*, I, 70, 36.

(3) Aux sargas 101, 102, 103, 104 de l'édition de Bombay correspondent le sargas 100, 101, 102 et 103 de l'édition du Sud.

III, 24, 21 : *gobrâhmaṇânâm iti ṣaṣṭhî caturthyarthe ârṣî;* il faut : *gobrâhmaṇebhyaḥ.*

E. S. : *gobrâhmaṇebhyaḥ.*

40, 4 : *mâm iti dvitîyâ chândasatvât* [1].

E. S. : non signalé.

49, 39 : *tvayâ.*

glose : *tubhyam iti pâṭhe tvayety arthe : ârṣaṃ tat.*

E. S., 40 : *tava* [2].

57, 15, *d* : *bhrâtâ dṛṣṭvâ Lakṣmaṇam âgatam.*

glose : *Lakṣmaṇaṃ ṣaṣṭhyarthe dvitîyâ.* Pas d'indication d'*ârṣa* [3].

E. S., 16, *b* : *saṃjagarhe 'tha taṃ bhrâtâ jyeṣṭho Lakṣmaṇam âgatam.* Pas de glose.

63, 3 : *paraṃparâyâḥ,* pour : *paraṃparayâ.*

glose : *tṛtîyârthe ṣaṣṭhî.* Sans indication d'*ârṣa.*

E. S. : sans glose.

IV, 4, 34 : *vânaraṃ rûpam.*

glose : *vânarasyedam; ârṣo 'ñ.*

E. S., 35 : non signalé.

23, 19, *b* : *dinakarâd iti pañcamî ṣaṣṭhyarthe.* Sans indication d'*ârṣa;* pour *dinakarasya.*

E. S., 18, *d,* ne relève pas cet ablatif, mais l'explique [4].

35, 23 : *prathamabhayasya hi çaṅkitâḥ.*

glose : *ṣaṣṭhy ârṣî;* pour : *°bhayena* [5].

E. S. : même texte avec cette glose : *Vâlivadhajanitabhayaçaṅkitâḥ.*

(1) On aurait pu, sinon dû, employer le nominatif : *nâhaṃ çakyo bhettum...*

(2) Nous sommes en présence de trois leçons : *naiṣa vârayituṃ çakhyas tvayâ, tubhyam, tava.*

La première est la plus régulière.

(3) Le glossateur lit : *bhrâtâ Lakṣmaṇasya,* mais l'accusatif *Lakṣmaṇam* peut être considéré comme le complément de *dṛṣṭvâ.* Dans l'édition du Sud il est régi par *saṃjagarhe.*

(4) Les deux éditions ne présentent pas le même texte pour ce demi-çloka.
Texte de Bombay : *Astamastakasaṃnaddharaçmer dinakarâd iva.*
Édition du Sud : *Astamastakasaṃruddho raçmir dinakarâd iva.*
Voici sa glose : *Astâdriçikharaniruddhaḥ dinakarâd udgacchan raçmir iva babhau.*

(5) On dit en français : trembler *de* frayeur, pour trembler *par* frayeur.

37, 3 : *paççimasyâm ity ârṣaḥ.*

E. S. : *paççimâyâm.*

V, 14, 10 : [*vṛkṣâ*] *mumucuḥ puṣpavṛṣṭayaḥ.*
glose : *puṣpavṛṣṭiḥ*, sans indication d'*ârṣa.*

E. S. : ni correction, ni observation.

16, 11 : *asyâ nimitte Sugrîvaḥ prâptavân* (*aiçvaryam*).
glose : *saptamyarthe ṣaṣṭhî;* sans indication d'*ârṣa.* Elle poursuit : *asyâṃ nimittabhûtâyâṃ satyâm ity artha iti Tîrthaḥ.*

E. S. : sans glose.

25, 9 : *Sitayeti, ṣaṣṭhyarthe tṛtîyâ;* sans indication d'*ârṣa.*

E. S. : *Sitayâ.* Pour : *Sitâyâḥ.*
glose : *vyatyayena tṛtîyârthe ṣaṣṭhî.* C'est le contraire.

48, 11 : *na senâ gaṇaço cyavanti.*
glose : *gaṇaço cyavantity atrotvam ârṣam;* il faut : *gaṇaçaç cyavanati.* La glose relève une variante : [*Hanumati*] *gaṇâñ çocayatîti.* Elle ajoute : *gaṇaçog ghanumâṃs tasmin senâ nâvanti, tato na rakṣanti. . . tatra . . . pañcamîprâptau saptamy ârṣî.* Le locatif pour l'ablatif est archaïque : il faudrait [*Hanumato*] *gaṇâñ çocayataḥ.*

E. S., 12 : *na . . . senâ gaṇaçocyavanti*, sans indication d'*ârṣa*[1].

50, 6 : *matpurîm . . . gamane kiṃ prayojanam.*
glose : *matpurîgamane; matpurîprâptâv ity arthaḥ; ârṣaḥ ṣaṣṭhyabhâvaḥ.* Il faut le génitif d'après la glose.

E. S. : non signalé.

64, 17 : *kṛtakarmâṇo yûyam.*
glose : *kṛtakarmâṇo yuṣmân ity artha ârṣam idam.*

E. S., 15 : non signalé.

(1) Les deux éditions accompagnent ce çloka d'une longue glose, surtout l'édition de Bombay qui, comme toujours, est la plus riche sous ce rapport. Nous rencontrons ici deux mots ignorés de Böhtlingk : *ganaçok* et *alasâram.* L'édition du Sud explique le premier par : *gaṇânâm çocayitar* : «celui qui fait du chagrin aux foules» c'est-à-dire ici : «qui disperse et bat les foules». L'autre est ainsi traduit par l'édition de Bombay : *kuṇṭhasâram*, et par l'édition du Sud : *jîrṇasâram.* C'est une épithète de *vajram.* En admettant la coupe [*na*] *viça alasâram*[*vajram*], au lieu de *viçâla-sâraṃ*, il faudrait donc traduire : «N'attaque pas [Hanumat] avec un trait à la pointe émoussée (ou usée)».

VI, 1, 15 : *Sugrîvasyeti saptamyarthe ṣaṣṭhî;* pour : *Sugrîve.*
E. S. : non signalé.
8, 3 : *me jîvata ity ârṣî ṣaṣṭhî;* il faut : *mayi jîvati.*
E. S. : non signalé.
10, 24 : *sarvasya janasyetyâdi tṛtîyârthe ṣaṣṭhî*, génitif dans le sens d'instrumental. Pas mention d'archaïsme.
E. S. : pas de glose.
59, 30 : *bhûtaiḥ parivṛtais tîkṣnaiḥ.* Il faut : *parivṛtas* [1].
E. S. : *bhûtaiḥ parivṛtas tîkṣnaiḥ.*
74, 29 : *Sâgaram ity upari yoge ṣaṣṭhyarthe dvitîyâ.* Sans indication d'*ârṣa.*
E. S. : sans glose.
112, 19, *a* : *prakṛtayaḥ.*
glose : *prakṛtiḥ*, sans indication d'*ârṣa.*
E. S., 115, 17, *c* : *prakṛtiḥ.*
123, 31 : *saha nârîṇâṃ vânarâṇâm.*
glose : *vânarâṇâṃ nârîṇâṃ saha; tâbh[illegible]a sahety arthaḥ; ṣaṣṭhy ârṣî.*
E. S., 126, 27 : *saha nârîbhir vâṇarâṇâm.*

VII, 35, 2 : *etâbhyâm.*
glose : *etayoḥ, ṣaṣṭhyarthe caturthy ârṣaḥ.*
E. S. : non signalé.
100, 4 : *Açvapatinaḥ.*
glose : *numârṣaḥ, Açvapater ity arthaḥ.*
E. S. : non signalé.

COMPOSÉS ANORMAUX.

I, 4, 3 : *sabhaviṣyasahottaram.*
glose : *sabhaviṣyam iti saviçeṣaṇatve 'py ârṣaḥ samâsaḥ* [2].
E. S. : *sabhaviṣyaṃ sahottaram;* sans autre indication.

[1] *Parivṛtais* est évidemment une distraction du compositeur, amenée par les instrumentaux qui encadrent ce mot.

[2] Le composé est védique ici. Il faut *saha bhaviṣyeṇa*, comme aussi, d'ailleurs, *sahottareṇa* et non *sahottaram.*

8, 22 : *ṛtvigbhir upasaṃdiṣṭo yathâvat kratur âpyatâm.*
glose : *upasaṃdiṣṭa iti tripadam, sam ity asyâpyatâm ity anenânvayaḥ vyavahitaprayoga ârṣaḥ* [1].
E. S. : *ṛtvigbhir upadiṣṭo'yaṃ yathâvat kratur âpyatâm.*

13, 12, *c* : *mahadâvâsâḥ.*
glose : *mahadâvâsâ, ity atrâtvâbhâva ârṣaḥ;* pour : *mahanta âvâsâḥ* [2].
E. S. : supprime le second hémistiche des vers 11 et 12 de l'édition Bombay, de sorte que cette expression ne s'y trouve pas.

53, 18, *b* : *hairaṇyânâṃ rathânâṃ ca çvetâçvânâṃ caturyujâm.*
glose : *çvetâçvânâṃ caturyujâm; catuḥsaṃkhyâkaçvetâçvayutânâm ity arthaḥ; ârṣaḥ samâsaḥ «rathânâṃ ca» iti pâṭhaḥ.*
E. S., 19, *a* : même texte.
glose : *caturbhir açvair yuktânâm.*

72, 12 : *ekâhneti taj abhâvo'nityâḥ samâsântâ iti; saptamyarthe tṛtîyâ; ekadivase ity arthaḥ.* Sans indication de védisme; pour : *ekâhe.*
E. S. : *ekâhnâ.*
glose : *ârṣo'yaṃ prayogaḥ.*

72, 22 : *ekaikaça ity ârṣam* [3].
E. S. : non signalé.

75, 21, *d* : *parapuraṃ jayam ity ârṣam asaṃjñâyâm* [4].
E. S., 22, *b* : non signalé.

II, 18, 16 : *yatomûlam.*
glose : *yan mûlam ity arthe; ârṣam etat.*

(1) *Sam*, ainsi séparé d'*âpyatâm* auquel, d'après la glose, il devrait s'adjoindre, constitue un védisme. On voit que l'édition du Sud a remplacé ce préfixe par le pronom *ayam*.

(2) Böhtlingk qui cite cette expression indique, comme unique référence, ce passage du Râmâyaṇa, mais par les chiffres : 1, 12, 11, que ne justifie pas l'édition de Bombay qu'il désigne habituellement par l'initiale R, pour la distinguer de l'édition Gorresio.

(3) Ce mot est entré dans la langue classique.

(4) La glose voit un archaïsme dans ce mot, parce qu'il ne s'agit pas d'une *saṃjñâ*. Observons qu'il s'applique aux personnes et non, comme ici, aux choses.

E. S. : *yatomûlam.*
glose : *yat kâraṇakam*, sans indication *d'ârṣa.*
63, 13 : *çabdavedhyam idaṃ phalam.*
glose : *çabdavedhitvam ity arthe ârṣam.*
E. S. : *çabdavedhyamayaṃ phalam.*
glose : *çabdavedhyahetukam.*
91, 53 : *ekamekaṃ puruṣam.*
glose : *atraikaṃ bahuvrîhivad iti; bahuvrîhivadbhâvâbhâva ârṣaḥ;* pour : *ekaikam.*
E. S., 52 : non signalé.

III, 47, 18, *c* : *vaimâtro Lakṣmaṇaḥ.*
glose : *çubhrâdiṣu vimâtṛçabdapâṭhe 'py ârṣo 'ṇ; asahodaro bhrâtety arthaḥ; vibhinnâyâ mâtur apatyaṃ vaimâtraḥ.* V. 35, 22, on lit : *dvaimâtraḥ.*
E. S. *a* : *dvaimâtraḥ.*
48, 4 : *vaimâtraḥ.*
glose : *vaimâtraḥ prâgvat; «dvaimâtra» iti pâṭhe dvitîyâ mâtâ dvimâtâ; tadapatyam ity arthe «mâturut» ity utvâbhâva ârṣaḥ* (1).
E. S. : *dvaimâtraḥ*, sans glose.
51, 45 : *agnidâvam.*
glose : *dâvâgnim, paranipâta ârṣaḥ* (2).
E. S. : non signalé.

IV, 24, 32 : *divyena dehâbhyudayena yuktaḥ.*
glose : *divyadehena prâpyo yo 'bhyudayas tena yuktaḥ; samâsa ârṣaḥ;* il faut : *divyadehâbhyudayena*, comme on a *manuṣyadehâbhyudayam* au pâda précédent.
E. S. : non signalé.

VI, 37, 1 : *naravânararâjânau sa tu Vâyusutaḥ.*
glose : *nareti; Râmasugrîvau, ṭaj abhâva ârṣaḥ* (3)
E. S. : *naravânararâjau tau sa ca Vâyusutaḥ.*
sans glose.

(1) Böhtlingk ignore ce mot; il écrit : *dvaimâtura.* Pour *ut*, voir Pâṇini.
(2) Interversion archaïque.
(3) Au sujet de *ṭac*, cf. Pâṇini, 5, 4, 91-112.

40, 29 : *niçicarety ârṣaḥ*, pour : *niçâcara*.
E. S. : non signalé.
60, 48 : *bherîsahasram*.
glose : *bherîṇâṃ sahasram ity arthaḥ; ârṣaḥ samâsaḥ*.
E. S., 49 : *sahasraṃ bherîṇâm*.
79, 26 : *kṛtapratikṛtânyonyaṃ kurutâm* (sic).
glose : *kṛtapratikṛtâni; ârṣo 'ḍâdeço vibhakteḥ* (1).
E. S. : non signalé.
88, 57 : *kṛtapratikṛtânyonyam*.
glose : *anyonyaṃ kṛtapratikṛtâ ârṣo ḍâ; kṛtapratikṛte yattau babhuvatur ity arthaḥ*.
E. S., 89, 22 : non signalé.

VII, 5, 45 : *praçamaṃkarâḥ*.
glose : *praçamaṃkarâ ity ârṣaḥ khac* (2).
E. S., 46 : non signalé.
87, 25, *b* : *strîpuṃsor yâvad icchasi*.
glose : *strîpuṃsoḥ samâsântâbhâva ârṣaḥ; strîpuṃsayor âvayoḥ*.
E. S., 24, *d* : non signalé.

SUFFIXES ANORMAUX.

I, 4, 2 : *caturviṃçat*.
glose : *caturviṃçatir ity arthakaç chândasaḥ*.
E. S. : non signalé.
30, 6 : *yattau paramadhanvinau*.
glose : *yattau saṃnaddhau paramadhanvinâv ity ârṣam*; pour : *paramadhanvanau* (3).
E. S. : non signalé.

(1) Il semble qu'il faudrait *kṛtapratikṛtâny anyonyam akurutâm*, tandis que ci-après on doit lire, suivant la glose : *anyonyaṃ kṛtapratikṛte yattau*, «acharnés à se rendre coup pour coup».

(2) Böhtlingk relève cette expression dans son premier supplément, mais sans observation. Sur *khac*, voir Pâṇini.

(3) La différence des deux expressions me paraît être celle-ci : *paramadhanvin* «très grand archer»; *paramadhanvan* «qui a un très grand arc».

41, 9 : *Asamañja.*
glose : *Asamañjaputra iti saṃbodhanam; ṅabhâva ârṣaḥ;* pour : *Asamañjin.*
E. S. : *Asamañjaputra.*

73, 12 : *vaivâhyam uttamam.*
glose : *uttamaṃ vaivâhyam, ârṣaḥ ṣyañ* (1); pour : *vaivâhikam.*
E. S. : non signalé.

II, 15, 6, *d* : *tiryagvâhâç ca kṣiriṇaḥ.*
glose : *kṣirapûrṇâḥ; kṣiram atra jalam; ṅibabhâva ârṣaḥ;* pour : *kṣiriṇyaḥ* (2).
E. S., *b* : texte différent : *tiryagvâhâḥ samâhitâḥ.*

19, 35 : *mâtur apriyaçaṃsivân.*
glose : *apriyaṃ çaṃsiṣyan; kvasur ârṣaḥ* (3).
E. S. : même texte.
glose : *apriyam abhidhâtukâmaḥ,* sans mention d'*ârṣa.*

20, 44 : *tasyâḥ kathaṃ nu kharavâdinam... vadanaṃ draṣṭuṃ... çakṣyâmi?*
glose : *kharavâdinam; lugabhâva ârṣaḥ; kharavâdi paruṣavadanaçîlaṃ tasyâ vadanaṃ kathaṃ draṣṭuṃ çakṣyâmi* (4).
E. S. : *kharavâdi tat.*

30, 9 : *yasya pathyaṃcarâm âttha yasya câ'rthe 'varudhyase.*
glose : *pathyaṃcarâm ity atra mum ârṣaḥ;* il faut : *pathyacarâm.*
E. S. : *yasya pathyaṃ ca Râmâttha yasya ca...* (5).

39, 22 : *kṣaṇamâtravirâgiṇaḥ.*
glose : *kṣaṇamâtravirâgiṇya ity arthaḥ... virâgiṇa ity atra ṅibabhâva ârṣaḥ* (6).

(1) Le taddhita *ya(ṣyañ)* est archaïque.

(2) L'affixe masculin au lieu de l'affixe féminin *î* (*ṅîp*) constitue un archaïsme.

(3) Le suffixe *vaṃs* (*kvasuḥ*) est archaïque.

(4) L'augment (*agâma*) *nam* est défectueux. Sa non-suppression (*lugabhâva*) constitue un archaïsme.

(5) Cette variante paraît avoir été imaginée pour garder le *pathyam*, tout en évitant l'archaïsme. Admirons alors son ingéniosité.

(6) Cf. ci-dessus, II, 15, 6.

E. S. : *kṣaṇamâtrâd virâgiṇaḥ*, sans indication d'archaïsme.

52, 36 : *nityadâ.*
glose : *nityadâ sarvadâ; châṇdaso dâpratyayaḥ* (1).
E. S. : non signalé.

109, 35 : *tvatto janâḥ pûrvatare dvijâç ca.*
glose : *pûrvatare çreṣṭhâḥ; ârṣam idam;* pour : *purvatarâḥ* (2).
E. S. : *tvatto janâḥ pûrvatare 'varâç ca*, sans indication d'archaïsme.

II, 5, 18 : *nityadâ.*
glose : *nityadety ârṣam* (3).
E. S. : non signalé.

5, 31 : *lokâḥ. . . . brâhmyâç ca nâkapṛṣṭhyâç ca.*
glose : *Brâhmyâ iti; ubhayatra ṣyañ ârṣaḥ; brahmalokâ nâkapṛṣṭhalokâç ca.*
E. S. : non signalé.

5, 36 : *Râma pratisrotâm anuvraja.*
glose : *âbantatvam ârṣam. . .pratisrotasaṃ kṛtvâ vraja* (4).
E. S., 37 : même texte.
glose : *ṭâb ârṣaḥ; pratisrotasaṃ kṛtvâ.*

20, 11 : *brahmaghnâḥ.*
glose : *brahmaghnâ ity arthaḥ* [?] (sic).
E. S. : même texte sans glose.

25, 12 : *vṛtaḥ pâriṣadâṃ gaṇaiḥ.*

(1) *Nityadâ* pour *nityam* semble, aussi bien que *sarvadâ*, entré dans le langage classique, et le purisme de Râma ne se comprend guère ici.

(2) Böhtlingk (art. *pûrva*) signale ce texte et sa scholie ou glose, sans observation. Il indique le çloka trente-quatrième au lieu du trente-cinquième. Il cite aussi l'édition Gorresio qui porte : *pitâmahâḥ pûrvatarâç ca teṣâm*, II, 118, 30.

(3) Voir ci-dessus.

(4) La glose explique ensuite ce que l'on entend par remonter le cours d'une rivière, afin que nul n'en ignore : *pûrvavâhinyâṃ puruṣeṇa paçcimâbhimukhatayâ gamane pratisrotastvaṃ bhavati.* L'édition du Sud fournit la même explication : *nadyâṃ pûrvavâhinyâṃ*, etc. *Âp* et *ṭâp* désignent également ici l'affixe *â* ou *âm.*

glose : *pârișadâm; nuḍabhâva ârṣaḥ;* il faut : *pârișadânâm* [(1)].

E. S., 11 : *parivṛto ghorai Râghavo Rakṣasâṃ gaṇaiḥ,* sans glose.

53, 1 : *Maithilî... bhaye mahati vartinî.*

glose : *vartinîty asupy api ṇinir ârṣaḥ* [(2)].

E. S. : non signalé.

64, 62, *b* : *kâlakarmaṇâ.*

glose : *kâlasâdhyaṃ karma nâças tena «kâladharmaṇâ» iti pâṭhe 'pi tadrûpeṇa kâladharmeṇety arthaḥ; tatpuruṣe 'nij ârṣaḥ* [(3)].

E.S., *f*: *kâladharmaṇâ,* sans glose.

69, 29 : *Mahâpakṣmeṇety ârṣam;* pour : *Mahâpakṣmaṇâ.*

E. S. : non signalé.

IV, 22, 29, *d* : *daṃṣṭrâkarâlavân.*

glose : *ârṣaḥ svârthe matup; daṃṣṭrâkarâla ity arthaḥ* [(4)]. Cf. *infra* : V, 57, 4, et *aliàs.*

E. S., *b* : non signalé.

46, 15 : *Apsarasâlayam.*

glose : *Apsarasaçabdo 'kârânto 'py ârṣaḥ.*

E. S. : non signalé.

54, 13 : *îṣatkâryam.*

glose : *îsatkaram; khalabhâva ârṣaḥ.*

E. S. : non signalé.

65, 4 : *triṃçatam.*

glose : *triṃçad ity arthe triṃçatam ity ârṣam.*

E. S. : non signalé.

66, 4 : *Ariṣṭaneminaḥ,* pour : *Ariṣṭanemeḥ.*

glose : *Kâçyapasya; nântatvam ârṣam.*

E. S. : non signalé.

66, 8 : *Apsarâpsarasâṃ çreṣṭhâ.*

(1) Le poète semble avoir confondu *pariṣad* et *pâriṣada.*

(2) Même lorsqu'il ne s'agit pas de locatif, le suffixe *in* est archaïque. Il faut donc ici *vartamânâ.*

(3) L'*anij* ou suffixe *an* de la leçon *kâladharmaṇâ* est un archaïsme. Comme on le voit, l'édition du Sud suit cette leçon vicieuse.

(4) L'affixe *vân* est inutile ici.

glose : *Apsarâ ity ekavacanânto 'pi saṃdhir ârṣaḥ. Apsarâ ity âbanta ârṣa ity anye*[1].

E. S. : même texte.

glose : *Apsareti nirdeça ârṣaḥ.*

V, 5, 25 : *sânusṛtâsrakaṇṭhîm.*

glose : *anusṛtâsreṇa pravṛttabâṣpeṇa sahavartamânaḥ kaṇṭho yasyâs tâm : atra ṅîṣ* (sic) *ârṣaḥ. «kaṇṭhâm» iti vâ pâṭhaḥ*[2].

E. S. : non signalé.

24, 40 : *yakṛtplîham.*

glose : *plîhaṃ hṛdayavâmabhâgastho gulmâkhyo mâṃsaviçeṣaḥ; yady api tadvâcakaḥ plîhâ ity âkârântaḥ, tathâpy adantatvam ârṣam*[3].

E. S. : non signalé.

45, 10 : *dhanuṣmadbhiḥ.*

glose : *«dhanurmadbhiḥ» iti pâṭhe ârṣaṃ rutvam*[4].

E. S. : pas de glose.

53, 40 : *arcimâlî*, pour : *arcirmâlî.*

glose : *arcimâlîty atra nirephatârṣî*[5].

E. S. : non signalé.

57, 4 : *°candrâṃçuçiçirâmbumat.*

glose : *matub ârṣaḥ. Mat* est archaïque.

E. S., 3 : non signalé.

VI, 10, 18 : *bhinnaromâḥ sravanti;* pour : *°româṇaḥ.*

glose : *Bhinnaromâ ûrdhvaromâṇaḥ; adantatvam ârṣam.*

E. S. : non signalé.

(1) J'ai déjà relevé ce passage dans l'article consacré aux Saṃdhis irréguliers. Je le rappelle ici, à l'occasion de la finale *â* que certains glossateurs, *anye*, estiment un archaïsme.

(2) L'expression *°kaṇṭhîm* pour *°kaṇṭhâm* est répétée quatre fois dans ce çloka.

(3) On lit dans Böhtlingk (art. *yakṛt*) le duel *yakṛtplîhânau*, emprunté au *Suçruta*, I, 79, 9; II, 313, 16.

(4) L'archaïsme n'existe, on le voit, que dans la variante.

(5) Cette expression trouverait mieux sa place, peut-être, parmi les composés irréguliers. Je la place ici pour l'opposer à *dhanurmadbhiḥ*. Ainsi donc, il faut écrire *arcirmâlî* et non *arcismâlî*, comme on écrit *arcismat* ou *dhanusmat*. On sent ici la différence entre l'euphonie interne et l'euphonie externe.

39, 17 : *çikharam... divispṛçam.*
glose : *divispṛçaṃ divispṛk; pûrvapade : «hṛdyubhyâṃ (sic) ca» iti ñeraluk; spṛçeḥ kapratyayaç ṣaḥ* (1).

E. S., 18 : *çikharam... divispṛçam,* sans glose.

43, 42 : *divaukasaiḥ,* pour : *divaukobhiḥ.*
glose : *divaukasair devaiḥ; ârṣaḥ prayogaḥ.*

E.S., 43, 43 : *divaukasaiḥ.*
glose : *akârântatvam ârṣam.*

52, 7 : *çûlanîrbhinnadehinaḥ.*
glose : *innantatvam ârṣam;* il faut : *°nirbhinnadehâḥ.*

E. S. : non signalé.

59, 12 : *dhvajachatrajuṣṭam,* pour *°chattra°.*
glose : *dhvajachatre tugabhâva ârṣaḥ* (2).

E. S. : *dhvajaçastrajuṣṭam.*

128, 82, *d* : *nityadâ.*
glose : *nityadâ nityam; ârṣo dâpratyayaḥ.*

E.S., 131, 77, *f* : *sarvaçaḥ.*

VII, 5, 14, *c* : *prabhaviṣṇvaḥ.*
glose : *prabhaviṣṇvaḥ; yaṇârṣaḥ; prabhava iti yâvat.*

E. S., 15, *a* : *prabhaviṣṇvaḥ.*
glose : *prabhaviṣṇavaḥ;* sans indication d'archaïsme (3).

55, 4 : *dvâdaçamaḥ,* pour : *dvâdaçaḥ.*
glose : *dvâdaçasaṃkhyâpûraṇaḥ; saṃkhyâder api maḍârṣaḥ.*

E. S. : non signalé.

70, 9 : *varṣe dvâdaçame.*
glose : *dvâdaçame dvâdaçe,* sans indication d'*ârṣa.*

E. S. : sans correction, ni indication d'*ârṣa.*

(1) D'après le vârttika *hṛddyubhyâṃ ca* (Cf. Pâṇini, 6, 3, 9), la désinence du locatif ne s'élide pas après *hṛd*; le suffixe [kṛt] *a* est irrégulier après *spṛç* : il faudrait *divispṛk.*

(2) Ce composé présente encore une autre anomalie, le non-redoublement de *ch* après une voyelle brève. Cf. Berg., *Manuel*, n° 83 et st. 90. Il faudrait : *dhvajacchattra°.*

(3) Le çloka 14e de l'édition de Bombay a 6 pâdas, et le 15e de l'édition du Sud n'en a que deux, précisément les derniers de l'autre.

109, 4 : *Brahmam âvartayan param.*
glose : *Brahmam âvartayann ity akârântatvam ârṣam; paraṃ Brahmety arthaḥ;* il faut : *Brahmâvartayat.*
E. S. : même texte.
glose : *akârântatvam ârṣam;* sans autre rectification.

LOPAS ANORMAUX.

I, 4, 17, *a* : *praçastavyau... Kuçîlavau.*
glose : *praçastavyâv itiḍabhâvanalopau chândasau* [1].
E. S., 16, *c* : non signalé.
8, 16, *a* : *vardhantâm,* pour : *vardhatâm.*
glose : *chândaso 'ṇilopaḥ.*
E. S., 15, *c* : non signalé.
40, 9 : *kiṃ kariṣyâma, bhadraṃ te.*
glose : *vayaṃ kiṃ kariṣyâma, salopaç chândasaḥ;* il faut : *kariṣyâmaḥ.*
E. S., 8 : non signalé.
65, 19, *d* : [*vayaṃ*] *sma sutoṣitâḥ;* pour : *smaḥ.*
glose : *smeti visargalopa ârṣaḥ.*
E. S., 17, *f* : non signalé.

II, 37, 34 : *pravidhîyateti.*
glose : *pravidhîyata iti cchedaḥ, ikâralopa ârṣaḥ.*
E. S. : même texte.
glose : *atra saṃdhir ârṣaḥ* [2].
56, 21 : *baddhakaṭâm.*
glose : *baddhakatâm, baddhakavâṭâm, chândaso varṇalopaḥ.*
E. S. : même texte.

(1) Böhtlingk (art. *praçastavya*) cite ce passage ainsi : «R. I, 4, 15. Schol. in der Calc. Ausg. : *iḍabhâvanalopau chândasau.* Vgl. *praçaṃstavya*», sans plus se décider pour une forme que pour l'autre.

(2) Cet article en effet, ainsi que plusieurs autres ci-après, trouverait aussi bien sa place dans la liste des saṃdhis irréguliers; c'est à cause de la mention du *lopa* que je l'ai réservé ici. Je me suis du reste expliqué dans l'avertissement sur les cas de ce genre.

glose : *kuḍyârthe kalpitâstaraṇâm*, sans indication de *chândasa*.

91, 59 : *na gamiṣyâma daṇḍakân;* pour : *gamiṣyamo.*
glose : *na gamiṣyamety ârṣaḥ salopaḥ.*
E. S., 58 : non signalé.

93, 7 : *prâptâḥ sma;* pour : *smaḥ.*
glose : *chândaso visargalopa.*
E. S. : non signalé.

III, 42, 22 : *bhakṣayan vicacâra.*
glose : «*bhaktvâdan*» *iti pâṭha, ârṣo 'nunâsikalopaḥ*[1].
E. S. : *bhaṅktvâ 'dan* (sic).

60, 35 : *hâ Sîteti punaḥ punaḥ.*
glose : *hâ Sîte; ikâralopa ârṣaḥ.*
E. S. : non signalé.

61, 29 : *hâ priyeti.*
glose : *hâ priye ititi; ikâralopa ârṣaḥ.*
E. S., 30 : non signalé.

69, 14 : *ehi raṃsyâvahety uktvâ.*
glose : *atra ikâralopa ârṣaḥ.*
E. S. : non signalé. Pour *raṃsyâvaha iti.*

IV, 17, 11, *d* : *Vâlinaṃ..... harilocanam;* pour : *haritalocanam.*
glose : *harilocanaṃ pîtanetram; haricchabdaḥ pîtaparyâyaḥ:* «*Haridrâbhaḥ pâlâço harito harit*» : *iti koçaḥ; ârṣas talopaḥ*[2].
E. S., 12, *b* : non signalé.

V, 25, 11 : *hâ Sumitreti;* pour : *Sumitra iti.*
glose : *hâ sumitretîty atrekâralopa ârṣaḥ.*
E. S. : non signalé.

34, 1 : *duḥkhâd duḥkhâbhibhûtâyâḥ.*
glose : *alug ârṣaḥ duḥkhaparamparâkhinnâyâ ity arthaḥ*[3].
E. S. : non signalé.

(1) L'irrégularité n'est que dans la variante, adoptée et corrigée par l'édition du Sud, qui d'autre part omet le saṃdhi.

(2) Première citation de l'Amarakoça, sauf erreur.

(3) Le premier *duḥkha* serait de trop. Ou bien il faudrait lire : *duḥkhaduḥkha°*.

45, 1 : *saptárcivarcasaḥ;* il faut : *saptárcirvarcasaḥ.*
glose : *árṣo rephalopaḥ.*
E. S. : non signalé.

VI, 8, 3 : *sarve.....vañcitáḥ sma.*
glose : *árṣo visargalopa iti Katakaḥ;* il faut : *smaḥ* d'après Kataka qui lit : *vayaṃ smaḥ.*
E. S. : non signalé.
31, 45 : *sa Vidyujihvena sahaiva.*
glose : *sa Vidyujihveneti cchandovaçât takáralopaḥ;* il faut : *Vidyudjihvena* (1).
E. S. : non signalé.
73, 26 : *khe 'ntardadhe 'tmânam.*
glose : *antardadhe 'tmânam ity atrákáralopaç chándasaḥ;* il faut : *anthardadha âtmanam* (2).
E. S., 25 : non signalé.

VII, 7, 2 : *añjanagiriva.*
glose : *añjanagiriveti vibhaktilopa árṣaḥ, tataḥ saṃdhiḥ;* pour : *añjanagirir iva* (3).
E. S. : non signalé.
65, 18 : *asyâçramasamîpataḥ.*
glose : *asyâçrameti luptaṣaṣṭhîkam asyâçramasya samîpataḥ,* sans indication d'*árṣaḥ.*
E. S. : ni corrigé ni signalé.
98, 15 : *pariṣanmadhye;* pour : *pariṣado madhye.*
glose : *pariṣad iti luptaṣaṣṭhyantam.*
E. S. : non signalé.
107, 8 : *çighram âkhyâtu mâ ciram.*
glose : *âkhyâtu mâ ciram ity atra tumo 'nusvâralopa árṣaḥ;* il faut : *çîghram âkhyâtum.*
E. S. : [*idaṃ gamanam*] *svargâyâkhyântu; mâ ciram.*

(1) Râma semble considérer cette suppression comme légitime, puisque, non plus que l'édition du Sud, il ne signale d'*árṣaḥ.* Ce serait une *licence* poétique.

(2) La suppression légitime de l'*a* d'*antar* aura amené celle de l'*â* d'*âtmanam,* si ce n'est le besoin du vers.

(3) La suppression de la flexion est un archaïsme; après la flexion le saṃdhi.

PÂṬHAS VIEILLIS.

III, 5, 16 : *çoṇâṃçuvasanâḥ sarve.*
glose : «*çoṇâçmavasanâḥ*» *iti pâṭhe padmarâgasadṛçavasanâ ity arthaḥ; «çoṇâṃçu» ity eva prâcînaḥ pâṭha iti Katakaḥ.*
E. S. : même texte.
glose : *raktakântiyuktavastrâḥ*, sans autre observation.

IV, 64, 3 : *pratibimbam avasthitam.*
glose : *prâcînaḥ pâṭhaḥ.*
E. S. : *pratibimbam iva sthitam*, sans glose.
67, 7 : *ambarîṣopamaṃ dîptaṃ vidhûma iva pâvakaḥ.*
glose : *prâcînaḥ pâṭhaḥ.*
E. S. : *ambârîṣam ivâdîptaṃ vidhûma iva pâvakaḥ.*
glose : *bhrâṣṭram* [1], sans autre observation.

V, 1, 93, *c-f* : *Hanûmân Râmakâryârthî bhîmakarmâ kham âplutaḥ çramaṃ ca Plavagendrasya samîkṣyotthâtum arhasi.*
glose : *prâcînaḥ pâṅktaḥ pâṭhaḥ* [2].
E. S., 96, *c-d* : *Hanûmân Râmakâryârthaṃ bhîmakarmâ kham aplûtaḥ.*
et 101, *c-d* : *çramâṃ ca Plavagendrasya samîkṣyotthâtum arhasi* [3]. Pas de glose.
1, 102 : *jaharṣa ca nanâda ca.*
glose : *prâcînaḥ pâṭhaḥ... «nananda» iti tv âdhunikakalpitaḥ pâṭhaḥ* [4].
E. S., 110 : *jaharṣa ca nananda ca.*
1, 155 : *tad dṛṣṭvâ vyâditaṃ tv âsyam.*

(1) Synonyme d'*ambarîṣam* «poêle à frire».

(2) Ce texte *paṅkti* est vieilli.

(3) Les cinq çlokas qui précèdent celui-ci sont ceux que la glose de l'édition de Bombay donnent comme ayant été, suivant Kataka, rejetés par les précédents éditeurs : *kecic chlokâḥ prakṣiptâḥ parair iti Katakaḥ.*

(4) *âdhunika* opposé à *prâcînaḥ*.

glose : *iti prâcînaḥ pâṭhaḥ.*
E. S., 158 : sans glose[1].

PATRONYMIQUES ANORMAUX.

I, 13, 27, *f* : *Sauvîrân Saurâṣṭreyâṃç ca pârthivân.*
glose : *Saurâṣṭre bhavân ity arthe ḍhagârṣaḥ*[2].
E. S., 25, *b* : non signalé.
75, 3 : *Jâmadagnyam.*
glose : *Jamadagneḥ svapitur âgatam; atrârthe ṣyañ ârṣaḥ.* Le *ya* est archaïque[3].
E. S. : non signalé.
75, 27 : *pitṛpaitâmahaṃ . . . dhanuḥ.*
glose : *pitṛpitâmahakramâd âgatam; uttarapadavṛddhir ârṣî.* Cf. II, 79, 5.
E. S., 29 : non signalé.

II, 68, 17 : *pitṛpaitâmahîm ity ârṣam Ikṣvâkûnâṃ pitṛpitâmahasaṃbandhinîm Ikṣumatîṃ teruḥ*[4].
E. S. : non signalé.
77, 2, *c* : *bâstikam.*
glose : *bâstikaṃ châgasamûham; ârṣaṣ ṭhak; bastojaḥ.*
E. S., 3, *a* : *bâstikaṃ châgasamûham*, sans autre observation.
105, 30 : *pûrvair gato mârgaḥ paitṛpitâmahair dhruvaḥ.*
glose : *vṛddhir ârṣî pitṛpaitâmahair ity arthaḥ «Pitṛpaitâmahaḥ» iti pâṭhe tatsaṃbandhi mârga ity arthaḥ.*

(1) L'édition du Sud fait précéder ce vers de dix autres qu'elle regarde comme interpolés et rejetés (*prakṣiptaçlokâḥ*). Elle les met entre crochets et leur donne une numérotation spéciale. L'édition de Bombay signale seulement les cinq derniers, en ajoutant : *çlokâs tu prakṣiptâ iti Katakaḥ.*

(2) Il ne s'agit pas de descendance (*ḍhak*) d'où l'archaïsme ou l'impropriété du terme. Cf. *infra*, VII, 38, 17.

(3) Il ne saurait s'agir ici de descendance, puisqu'il est question d'un arc; dès lors ce patronymique est irrégulier. C'est l'arc provenant de Jamadagni. Cf. *infra*, VI, 28, 2.

(4) La rivière d'Ikṣumatî était alliée au père et à l'aïeul des Ikṣvâkus. Ici encore il ne s'agit pas de descendance; par conséquent ce patronymique est irrégulier.

E. S. : . . .*gato mârgaḥ pitṛpaitâmaho dhruvaḥ.*
sans glose.

IV, 9, 3 : *râjyaṃ pitṛpaitâmaham;* vide supra, I, 75, 27.
glose : *ârṣatvâd uttarapadavṛddhiḥ.*
E. S. : non signalé.

VI, 28, 2 : *nyagrodhân iva Gâṅgeyân.*
glose : *Gâṅgeyân Gaṅgâtaṭotpannân; anapatye 'pi ḍhag ârṣaḥ* (1).
E. S. : non signalé.
32, 29 : *ahaṃ* [*Sîtâ*] *Dâçarathenoḍhâ.*
glose : *Dâçarathena Daçarathaputreṇa; anârṣaḥ* (2).
E. S. : sans glose.

VII, 5, 43 : *Mâleyâḥ.*
glose : *Mâleyâḥ* «*itaç cânîñaḥ*» *iti ḍhak* (3).
E. S., 44 : sans glose.
8, 23 : *Sâlakaṭaṅkaṭe,* pour : *Sâlakaṭaṅkatîye.*
glose : *Sâlakaṭaṅkaṭâ Mâlyavadâdeḥ pitâmahî Vidyutkeçapatnî tadîye vaṃçe; vṛddhâc châbhâva ârṣaḥ* (4).
E. S. : non signalé.
38, 17 : *Kâçeya.*
glose : *Kâçideçe bhavaḥ Kâçeyaḥ ḍhag ârṣaḥ* (5).
E. S., 18 : sans indication.

(1) Patronymique irrégulier, puisqu'il ne s'agit pas de descendance.

(2) Le patronymique est Dâçarathi. Il faut donc *Dâçarathyoḍhâ.*

(3) Böhtlingk, 1er suppl., dit à l'article *Mâleya :* «Patron. von Mâli = Mâlin, N. pr. eines Râksasa». Il cite ce passage de l'édition Bombay. Il n'y a donc pas d'irrégularité. J'ai relevé l'expression *ḍhak* pour la glose. Cf. Pâṇ., 4, 1, 122.

(4) Böhtlingk (art. *Çâlakaṭaṅkaṭa*) cite ce passage avec sa glose, mais ne reconstitue pas le patronymique. Sur l'expression *vṛddhâccha,* cf. Pâṇini, 4, 2, 114, 141, 142.

(5) Pratardana est originaire (*bhava*) de Kâçî dont il est roi, mais, suivant la glose, cela ne constitue pas une descendance, et ne justifie pas dès lors le patronymique.

SÂDHUS ARCHAÏQUES.

II, 109, 19 : *pratyagâtmam imaṃ dharmam.*
glose : *pratyagâtmaṇo jîvân uddiçya pravṛttam ity arthe, pratyagâtmam ity ârṣatvât sâdhuḥ* (1).
E. S. : même texte.
glose : *âtmânaṃ pratyavinâbhûtatvena pravṛttam*, sans autre observation.
118, 33 : *dattâ câsmîṣṭavad devyai.*
glose : *iṣṭavaddevyai iṣṭâyai devyayai râjyai iṣṭam iti bhave ktaḥ; iṣṭam icchâ tadvatyai viṣayatâsaṃbadhenety akṣarârthaḥ; ârṣaṃ vâ ṣâdhutvam uktârthe; yad vâ saṃtânecchâvatyai devyai ity arthaḥ* (2).
E. S. : sans glose.

V, 28, 6, *b* : *garbhasya jantor iva çalyakṛntaḥ.*
glose : *çalyaṃ çastraṃ tena kṛṇattîti : çalyakṛnta Ambaṣṭhavaidyaḥ; ârṣatvât sâdhu* (3).
E. S., *d* : *garbhasthajantor iva çalyakṛntaḥ*, sans glose.
53, 2 : *dûtavadhyâ vigarhitâ.*
glose : *dûtavadhyâ dûtavadhaḥ; ârṣam idaṃ sâdhu* (4).
E. S. : *dûtavadhyâ*, sans observation.
53, 22, *a* : *ghoṣayanti kapiṃ sarve câra ity eva Râkṣasâḥ.*
glose : «*cârîkaḥ*» *iti pâṭhe 'pi câra ity evârthaḥ;*

(1) On s'attendrait à *pratyagâtmânam;* mais, avec un préfixe, ce mot, pris adjectivement, suit la première déclinaison. Voir Böhtlingk, art. *âtma*, qui cite précisément ce passage.

(2) Après avoir donné les divers sens possibles d'*iṣṭavat*, qu'il s'agisse d'un participe passé ou d'un participe présent, la glose ajoute : «Cette forme régulière est archaïque dans le sens de participe, ou parce qu'elle se rapporte à la reine désireuse de postérité.»

(3) *Çalyakṛnta* est normal mais archaïque. *Ambaṣṭha :* ce mot semble un défi à la règle qui veut que l' *s* dentale ne se lingualise pas après un *a;* mais, en vertu d'une anomalie demeurée inexpliquée, on dit aussi bien *ṣṭha* que *stha* à la fin d'un composé.

(4) Cette forme, bien que régulière (*sâdhu*), est archaïque.

ârṣaṃ sâdhutvam; câraçabdât svârthe ârṣa îkaḥ[1].

E. S., 22, *d* : ...*sarve cârîka iti Râkṣasâḥ.*
glose : *câraḥ*, sans autre remarque.

VI, 5, 19 : *çokaṃ pratyâhariṣyâmi çokam utsṛjya mânasam.*
glose : *mânasaṃ manasi vartamânam, pratyâharaṇasaṃbhâvanayâ prâg api çokotsargât ktvaḥ* (sic) *sâdhutvam*[2].

E. S. : sans glose.

101, 7 : *svapnayâne.*
glose : *svapnayâne svapne ity arthe ârṣam asya sâdhutvam.*

E. S., 102, 7 : *svapnayâne.*
glose : *svapnagamane*, sans autre indication.

ANUSVÂRAS IRRÉGULIERS.

V, 4, 8, *d* : *kapirâjahitaṃkaraḥ;* pour : °*hitakaraḥ.*
glose : *hitaṃkara ity ârṣaḥ*[3].

E. S., *b* : non signalé.

VI, 53, 31, *b* : *bhûmir bhayakarî;* pour : *bhayaṃkarî.*
glose : *bhayakarî bhayaṃkarî...mum abhâva ârṣaḥ*[4].

E. S., 30, *d* : non signalé.

VII, 94, 24, *d* : *yajñasaṃvidham;* pour : *yajñasavidham.*
glose : *anusvâra ârṣaḥ; yajñasadaḥ savidhadeçaṃ*

(1) La forme *cârîka* est régulière, mais désuète.

(2) Je relève ce passage à cause de l'expression *sâdhutvam* qui, pour la première fois, n'est pas accompagnée du terme *ârṣam*. Du reste, la glose est assez curieuse. *Ktvaḥ* est sans doute une faute d'impression pour *kṛtvaḥ*. Cf. Pâṇini.

(3) La même expression se trouve déjà au çloka 3 (çloka 2 de l'E. S.) sans mention d'*ârṣaḥ*.

(4) Précédemment l'anusvâra, dans un composé dont le second terme est *kara*, était un archaïsme; ici, c'est le contraire : l'archaïsme consiste dans son omission. L'usage aurait-il donc ses caprices dans l'Inde aussi?

saṃpráptaḥ; tatra tiṣṭhatíti bhávaḥ : «*saṃvidam*» *iti vá páṭha iti kaçcit*[1].

E. S., 25, *b* : non signalé.

IRRÉGULARITÉS NON CLASSÉES.

II, 4, 7 : *çrutvá pramáṇaṃ tatra tvaṃ gamanáyetaráya vá.*

glose : *tatrarájasaṃnidhau itaráyágamanáya; asarvanámatvam árṣam; pramáṇaṃ nirṇetá*[2].

E. S. : *çrutvá pramáṇam atra tvaṃ gamanáyetaráya vá.*

glose : *sútaḥ çrutvá Rámavákyam iti çeṣaḥ; tataḥ Rámavákyaçrávaṇánantaram. Atra Daçarathasamípe gamanáya itaráya agamanáya ca tvaṃ pramáṇaṃ kartá*[3]. Sans indication d'*árṣaḥ*.

III, 37, 4 : *api Rámo na saṃkruddhaḥ kuryál lokán arákṣasán.*

glose : *apíti Rakṣasáṃ svastíty árṣam api svasti bhaved api kṣemaṃ saṃpadyetápi kim*[4].

E. S. : *api Rámo na saṃkruddhaḥ kuryál lokam arákṣasam;* sans glose.

(1) Le 24e çloka de l'édition de Bombay compte six pâdas, tandis que celui de l'édition du Sud n'en compte que deux. Il en résulte que le 2e pâda du çloka 25 de cette édition répond exactement au 4e du çloka 24 de l'autre. Remarquer la variante signalée par la glose.

(2) Le sens est celui-ci : «Tu as entendu le désir du roi; à toi de décider si tu dois retourner près de lui, ou si, au contraire, tu n'y retourneras pas.» Il fallait écrire : *gamanáyágamanáya* (Cf. Pâṇini, 1, 1, 28 et suiv.).

(3) «Le Sûta ayant ouï la réponse de Râma : voilà ce qu'il faut suppléer.» *Tatas :* «aussitôt après avoir ouï la réponse de Râma, etc.».

«*Quant à retourner de nouveau ici* près de Daçaratha *ou autrement,* à n'y pas retourner, *c'est à toi de décider.*» Les mots en italique sont ceux du texte, les autres sont du glossateur.

(4) «Puisse Râma, dans sa fureur, ne pas dépeupler les mondes de Râkṣasas! [mais leur donner la paix].» L'archaïsme consiste dans l'ellipse signalée par la glose.

VII, 32, 69 : *musalâni ca çûlâni sotsasarja tadâ raṇe.*
glose : *sotsasarjety ârṣam; sahaiva tyaktavanta ity arthaḥ* [1].
E. S. : *musalâni saçûlâni hy utsasarjus tadârjune;* sans glose.

[1] *Sa* dans le sens de *sahâ* est un archaïsme. En traduisant *sotsasarja* par *sahaiva tyaktavantaḥ,* Râma semble avoir lu le pluriel, comme l'édition du Sud, qui a évité l'archaïsme en écrivant *hy ut°.* Si *sa* désigne Arjuna, comme paraît l'indiquer le singulier *utsasarja,* il n'y a plus d'irrégularité, mais ce singulier ne rentre guère dans l'économie du sens général.

www.ingramcontent.com/pod-product-compliance
Ingram Content Group UK Ltd.
Pitfield, Milton Keynes, MK11 3LW, UK
UKHW020952180726
13838UKWH00003B/1286

9 782329 14147